완벽한 인생

완벽한 인생

이동원 지음

1판 1쇄 발행 2016. 10. 25. | **1판 2쇄 발행** 2018. 2. 27. | **발행처** 포이에마 | **발행인** 고세규 | **편집** 강영특 | **디자인** 지은혜 | **등록번호** 제 300-2006-190호 | **등록일자** 2006. 10. 16. | 서울특별시 종로구 북촌로 63-3 우편번호 03052 | 마케팅부 02)3668-3260, 편집부 02)730-8648, 팩시밀리 02)745-4827

값은 뒤표지에 있습니다. ISBN 979-11-5809-063-0 03810 | 독자의견 전화 02)730-8648 | 이메일 masterpiece@poiema.co.kr | 좋은 독자가 좋은 책을 만듭니다. | 포이에마는 독자 여러분의 의견에 항상 귀를 기울이고 있습니다.

이 도서의 국립중앙도서관 출판시도서목록(CIP)은 서지정보유통지원시스템 홈페이지(http://seoji.nl.go.kr)와 국가자료공동목록시스템(http://www.nl.go.kr/kolisnet)에서 이용하실 수 있습니다. (CIP제어번호: CIP2016024640)

완벽한
인생

이동원 장편소설

포이에마
POIEMA

차례

"다 이루었다."

요한복음 19장 30절

1
경기 시작 36시간 전

목욕탕은 왜 수요일에 쉴까? 연중무휴인 찜질방이 성업하는 요즘엔 의미 없는 질문이지만 내가 한국을 떠나기 전 대부분의 목욕탕들은 수요일에 쉬었고, 남아 있는 재래식 목욕탕들은 아직도 그 법칙을 따르는 경우가 많다. 내가 여섯 살 때는 때밀이였고, 십구 년이 지난 지금은 목욕관리사라고 불리는 이씨 아저씨가 그럴싸한 이론을 들려줬다.

"물 수(水) 때문에 수요일이다? 맞다면 맞지만 너무 단순한 생각이지. 그럼 정확한 답은 뭐냐. 옛날에는 우리나라가 물부족국가였다 이거야. 특히 달동네 같은 데는 무슨 사막도 아닌데 물이 귀했어. 그런데 국가란 게 하는 일이 뭐냐. 국민에게 복지를 제공해줘야 한다 이거야. 그래서 이렇게 복지관에서 목욕탕도 운영하고, 그래서 나도 이렇게 먹고살고 그런 거잖아. 그래서 적어도 한 주에 한 번은 국가적인 차원에서 달동네에도 물을 공급해줘야겠다 했던 거지. 그러려면 많은 물이 필요한데 어떻게 충당을 하느냐. 아, 평소에 물을 많이 쓰는 목욕탕들을 쉬게 하면 되겠구나! 그래, 그럼 언제할까? 그때 가서야 단순한 생각이 떠오르는 거지. 물이니까 수요일로 하자."

옛날이야기는 항상 진짜 같다. 하지만 현실은 냉탕처럼 차가운 경우가 많다. 목욕탕이 수요일에 쉬는 이유는 단순했다. 수요일에 손님이 별로 없기 때문이다. 토요일과 일요일에는 한 주간 묵은 때를 벗기려는 사람들이, 월요일과 화요일에는 토요일과 일요일에 미처 목욕탕에 오지 못한 사람들이, 목요일과 금요일에는 주말에 놀러 가려는 사람들이 목욕탕에 왔다. 수요일은 애매하다. 애매하면 버림받는다.

나는 이십오 년 전 수요일에 태어났다. 아버지가 누구인지 애매했다. 엄마의 사랑도 애매했다. 그래서 두 번이나 버림받았다. 세 번째엔 받아들여지나 했지만 나는 결국 삼진 아웃을 당하고 말았다.

강남구는 부자 동네지만 가난한 사람도 많다. 수억의 연봉을 받는 스타선수가 있는가 하면 같은 유니폼을 입고 뛰면서 최저연봉도

보장받지 못하는 육성선수도 있는 것이다. 육성선수란 고교나 대학 졸업 후 프로구단의 지명을 받지 못해 정식선수가 아닌 연습생으로 입단한 선수들이다. 예전에는 신고선수라고 불렸지만 때밀이 아저씨가 목욕관리사가 된 것처럼 육성선수라는 듣기 좋은 호칭으로 바뀌었다. 하지만 인식과 대우는 호칭의 변화만큼 달라지지 않았다. 1군의 스타선수들이 관중의 함성이 가득한 경기장으로 들어서는 동안 육성선수들은 언제 잘릴지 모른다는 두려움 속에서 할 수 있다는 스스로의 목소리를 응원 삼아 흙바닥을 뒹굴었다. 강남구의 저소득층 밀집지역에 위치한 복지관에서는 육성선수들처럼 언제 내쫓길지 모르는 형편의 판자촌 사람들을 위해 목욕탕을 운영했다.

복지관 목욕탕도 수요일에 쉬었다. 애매한 수요일을 하루 앞둔 화요일 새벽, 나는 아무도 없는 목욕탕의 깨끗한 물 앞에서 알몸으로 서 있다. 뒤편에서 문이 열리고 사각수영복을 입은 목욕관리사 이씨 아저씨가 들어왔다. 그의 손에는 한눈에도 그를 꼭 닮은 아이가 붙들려 있었다.

"오랜만이네. 아이들이랑은 지낼 만해?"

"네, 뭐 그냥."

나는 웃으며 말했다.

"아들이야. 형아한테 인사해."

나를 본 아저씨가 아이의 머리를 쓰다듬으며 말했다.

"안녕."

내가 먼저 인사를 건넸지만 아이는 대답 대신 아버지의 뒤에 숨었다.

"학교에서 놀러 가거든. 씻겨서 보내려고."

"네."

"근데 아침부터 웬일이야. 어디 가시나? 내가 한번 관리해드릴까?"

"아니요. 괜찮습니다."

나는 손을 흔들고 온탕에서 물러나 샤워기 앞으로 갔다. 레버를 돌리자 찬물이 쏟아져 나왔다. 나는 피하지 않고 찬물을 뒤집어썼다. 피부가 벗겨질 때까지 때를 밀어도 내가 이제부터 저지를 죄는 씻지 못할 것이다. 나는 지옥의 밑바닥에 떨어질 것이고, 내 머릿속 지옥의 이미지는 불구덩이였다. 즐길 수 있을 때 찬물이라도 즐기는 편이 좋았다.

샤워기 아래 붙어 있는 거울을 통해 아이가 뜨거운 탕 속으로 들어가는 모습이 보였다. 고개를 들다 나와 눈이 마주친 아이가 탕 속에 몸을 숨겼다. 때를 미는 아버지가 부끄러운 건지 아니면 곧 밀릴 자신의 때가 부끄러운 건지 모르지만, 나는 아이가 뜨거운 물속에서 익사하기 전에 샤워를 마치고 밖으로 나갔다.

계단을 내려오면 바로 탈의실이다. 입구 옆쪽엔 의자가 두 개뿐인 이발소가 있다. 이발용 의자에 앉아 있던 장씨 아저씨가 나를 보고 자리에서 일어났다. 나는 가운을 입고 그가 앉아 있던 의자에 앉았다. 장씨 아저씨는 능숙한 손놀림으로 비누거품을 일으켰다. 하얀 토시로 오른팔의 문신을 가린 장씨 아저씨는 한때 칼잡이였다. 그는 지금도 칼을 능숙하게 다루지만 사람을 해하는 데 쓰진 않는다. 아저씨는 비누거품으로 내 뺨의 털들을 부드럽게 만들고 칼질을 시작했다. 서걱서걱하는 소리와 함께 까칠한 털들이 사라졌다. 면도를 하는 동안, 선반 위의 티브이에선 내일 저녁에 열릴 한국시리즈 마지막 경기에 대한 분석이 흘러나왔다.

7전 4선승제로 그해의 프로야구 최강자를 가리는 한국시리즈에 올라간 두 팀은 베어스와 이글스였다. 베어스는 작년 우승에 이어 올해도 정규시즌 1위로 일찌감치 한국시리즈에 선착했다. 반면 시즌 초에 최하위까지 떨어졌던 이글스는 여름을 전후로 팀을 재정비, 기적 같은 막판 레이스 끝에 경쟁 팀들을 제치고 간신히 5위로 포스트시즌에 진출했다. 전문가들과 야구팬 양쪽 모두 이글스의 역전 드라마에 찬사를 보냈지만 객관적으로 열세인 이글스의 올 시즌은 거기까지일 것이라고 예상했다. 하지만 기세를 탄 이글스는 놀랍게도 4위와 3위와 2위를 연파하고 한국시리즈까지 올라갔다. 약팀의 분전은 사람들의 마음을 뜨겁게 만들었다. 덕분에 몇몇 선수들의 승부조작과 약물, 도박, 섹스스캔들 등으로 가라앉았던 야구 열기가 완전히 되살아났다. 하지만 가장 중요한 것은 역시 한국시리즈다. KBO(한국야구위원회)는 느긋하게 기다리고 있던 전년도 챔피언 베어스가 지칠 대로 지친 이글스를 4차전 만에 제압해버리고 시리즈가 조기에 종결되는 것을 두려워했다. 최고시청률을 기록 중인 드라마가 연장방송은커녕 갑작스레 조기 종영되는 것이나 마찬가지니까. 하지만 제작에 관여할 수 있는 방송국과 달리 각본 없는 드라마를 써나가는 양 팀의 경기에는 누구도 끼어들 수가 없었다. 시리즈가 길게 이어지길 바라는 관계자들은 그저 기도나 할 뿐이었다.

초반엔 우려대로 베어스가 3연승을 거두면서 싱겁게 끝나는 듯했다. 하지만 역전의 명수로 거듭난 이글스는 세 번을 연속해서 승리를 따내 동률을 이뤄냈다. 계속된 혈투에 양 팀은 죽을 지경이었지만 굳이 따지자면 여전히 베어스가 유리했다. 세 번 연속 패했지만 포기할 경기는 일찍 포기하고 쉬어둔 덕분에 투수들의 상태가 생생했기 때문이다. 반면 내일이 없는 상황에서 쥐어짜듯 투수 운용을 한 이글스는 최종전에 내세울 만한 투수가 없었다.

"결국 선발로 낙점된 선수는 왕년의 에이스 우태진입니다. 올 시즌을 끝으로 은퇴를 선언한 전력 외 선수인데 예우 차원에서 한국시리즈 엔트리에 포함이 되었다가 졸지에 현역 마지막 경기를 한국시리즈 7차전에서 갖게 되었습니다. 다른 투수들이 던질 상태가 아니라 어쩔 수 없는 선택이기는 하지만…."

아나운서의 말에 나는 감았던 눈을 떴다. 화면에선 이글스의 마지막 우승이 확정되던 십구 년 전, 마운드 위에서 포효하던 우태진의 모습이 보였다. 나는 그 장면을 미국으로 떠나는 공항에서 봤었다. 우태진이 최고의 스타로 비상하던 날에 나는 비행기에 몸을 싣고 바다를 건넜다.

"선생님은 어느 편입니까?"

장씨 아저씨는 나보다 이십 년은 연상이면서도 늘 존대를 했다. 그가 거품이 잔뜩 묻은 칼을 물에 닦아내며 말을 이었다.

"미국에서 야구했다고 하지 않았습니까?"

"열여섯 살까지만 했어요. 계속해도 메이저리그에 갈 것 같진 않아서요."

"선생님한테는 어떤지 몰라도 다행입니다. 계속했으면 나는 선생님이랑 만나지도 못했을 거 아닙니까?"

"제가 뭘 했다고요."

"짐승같이 사는 놈 사람대접해줬으면 됐지, 뭘 더 바랍니까."

물에 씻겨 날카로운 날을 드러낸 면도칼이 다시 내 목을 향했다. 면도칼이 내 목선을 따라 거품을 가르며 미끄러져 내려갔다.

칼이 내 목을 떠나는 순간, 그가 속삭였다.

"부탁하신 건 구해놨습니다."

나는 눈을 감은 채로 대답했다.

"고맙습니다."

"구해놨다고 했지. 주겠다고는 안 했습니다."

나는 장씨 아저씨의 말에 눈을 떴다. 나는 그를 노려봤지만 그는 아랑곳하지 않고 다시 면도칼을 내 목에 갖다 대었다. 방금 전 내 목을 지나간 것과 같은 칼인데도 느낌이 달랐다. 냉장고에 넣었다 꺼낸 것처럼 차가운 감촉에 나는 몸을 떨었다. 내 목을 지그시 누르고 있는 칼은 이발사가 아닌 칼잡이의 것이었다. 장씨 아저씨는 순간적이나마 다시 칼잡이로 돌아간 것이다. 그리고 그건 내 책임이다. 산 자의 땅으로 돌아온 그가 다시 사(死)자의 땅을 기웃거리게 한 것은 바로 나니까.

장씨 아저씨가 내 목에 칼을 댄 채로 말했다.

"선생님 덕분에 살아난 목숨이니 구해는 드렸습니다만 역시 그냥 드릴 수는 없겠습니다."

"노래라도 부를까요?"

짐짓 허세를 부려봤지만 목소리가 떨려왔다.

장씨 아저씨는 턱짓으로 선반 아래쪽을 가리키며 말했다.

"물건은 저기 있습니다. 하지만 드리기 전에 분명히 알아야 할 것이 있습니다. 저 안에 있는 놈은 사람을 차별하지 않는다는 겁니다. 좋은 사람, 나쁜 사람 가리지 않습니다. 저놈 배 속에 있는 게 튀어나오면 누군가는 천국으로 가는 계단에 발을 디디는 겁니다. 한 번 그 계단에 올라서면 내려올 수 없습니다."

"천국인지는 어떻게 아세요?"

"지옥은 선생님하고는 어울리는 단어가 아닙니다."

"가보지도 않으셨는데 장담을 하시네요."

"꼭 가봐야 압니까? 내 알던 놈들이 거기 많이 가 있고, 나도 그 문턱까지 갔다 온 사람입니다. 이 땅에서 지옥을 살던 놈들이 거기 가서도 또 지옥처럼 살겠지요. 선생님이 갈 곳이 아닙니다. 어디에 쓰실 겁니까? 어물쩍 넘어갈 생각하지 마십시오. 어울리지도 않는 짓을 해서 제 친구들이 있는 곳에 가실 바에는 지금 제 손으로 천국에 보내드리지요."

칼을 든 그의 손에 힘이 들어가는 것이 느껴졌다.

"죽고 싶지 않습니다."

나는 유치원생이 대답하는 것처럼 또박또박 말했다.

"…."

"저는 이제 겨우 스물다섯입니다. 천국이고, 지옥이고 가기 싫어요. 다른 사람을 보내고 싶지도 않고요. 무슨 일인지는 말씀 못 드려요. 하지만 저는 그게 필요합니다."

칼잡이의 손에 들려 있던 면도칼이 뒤로 물러났다. 겨우 1센티미터 정도의 차이일 뿐인데도 칼은 다시 이발사의 도구로 돌아가 있었다.

"선생님, 나한테 그런 말을 했었지요. 같은 칼이라도 누구의 손에 잡혀 있냐에 따라 사람을 살리기도 하고, 죽이기도 한다고."

이발사의 칼은 다시 내 목에 다가와 남아 있는 털들을 밀어냈다.

"자기가 한 말을 잊어버리지 마십시오. 그러면 선생님이 지금껏 나한테 했던 말들은 아무런 의미도 없게 되니까. 방금 한 말도 포함해서 절대로 잊어버려선 안 됩니다."

내 수염을 말끔하게 깎아준 장씨 아저씨는 선반 아래 서랍에서 쇼핑백을 꺼내 나에게 건넸다. 안에는 빨간색 바탕에 하얀 나이키(NIKE) 로고가 큼지막하게 박혀 있는 운동화 상자가 들어 있었다. 나는 상자를 밖으로 꺼내지 않고 쇼핑백 안에서 열어봤다. 상자 안에는 '에어 조던' 대신 검고 차가운 느낌의 금속성 물체가 있었다. 나는 신발을 신어보듯 손을 뻗어 그 물체를 집었다. 효율적으로 생명을 빼앗기 위해 만들어진 리볼버 형태의 총은 나의 손이 닿자 갑자기 생물이라도 된 것처럼 내 손을 휘감았다. 나는 진저리를 치며 총을 놓았다. 상자를 닫고 고개를 드는데 장씨 아저씨가 나를 불안한 눈으로 내려다봤다. 나는 짐짓 아무렇지도 않은 척 미소를 지으며 자리에서 일어났다.

"오늘 내가 한 일을 후회하지 않게 해주십시오."

장씨 아저씨가 쇼핑백을 들고 돌아선 나에게 말했다.

목욕탕을 나설 때까지 나는 뒤를 돌아보지 못했다. 쇼핑백을 든 팔이 무거웠다. 걸을 때마다 상자 안의 총이 덜그럭거리는 소리가 들렸다. 그 소리가 지나가는 사람들에게 들릴 것 같았다. 나는 소리를 죽이려 쇼핑백을 가슴팍에 끌어안았다. 하지만 상자 안의 총은 살아 있는 것처럼 자꾸만 소리를 냈다. 녀석이 무언가를 죽이지 않으면 이 소리는 멈추지 않는다고 말하는 것 같았다. 빨리 이 안에 든 놈의 배 속에 있는 걸 토해내게 하고 싶었다. 그러면 편해질 것 같았다.

2

경기 시작 30분 전

한국 교회는 왜 수요일 저녁에 예배를 드리는가? 목사에게 물어
본 바에 따르면 성경적인 근거는 없다. 우리나라에 온 선교사들도
초창기엔 주일예배만 진행을 했는데 교인들의 바람에 의해 새벽기
도회와 수요예배 그리고 금요철야기도회까지 만들어졌다고 한다.
교인들이 한 주에 한 번으로는 만족하지 못했던 것이다. 나는 이런
마음을 이해한다. 한 주에 한 번 쉴 뿐인데도 나는 야구경기가 없는
월요일이 끔찍했다.

같은 대학교에서 만난 아내 정연은 지옥에서라도 데려와야 한다

는 좌완강속구투수처럼 매력적이었다. 다만 마음에 걸리는 게 하나 있었다.

"교회에 다니지 않으면 교제할 수 없어요."

아내는 희망하는 연봉을 내밀고, 들어줄 수 없다면 다른 팀으로 보내달라고 요구하는 선수처럼 말했다.

아내가 출석하는 교회는 강남의 대형교회로 주일에만 다섯 차례나 예배를 드렸다. 일요일 야구경기는 오후에 시작한다. 나는 아침 예배만 참석하겠다는 조건으로 아내와 협상을 마무리했다. 교회생활은 생각보다 나쁘지 않았다. 새로 지은 예배당은 쾌적했고, 오백명에 달하는 성가대의 찬양은 천사가 강림할 것 같은 분위기를 자아냈다. 가끔 돈 이야기를 하는 것이 마음에 들지 않았지만 적당히 교양 있는 설교도 좋았다. 아내는 새벽마다 교회에 나가 오직 나만을 위해서 기도했고, 아내가 믿기로는 그 기도 덕분에 나는 경위부터 시작해 경찰청장 자리까지 올라갔다. 경찰로서 이룰 것은 다 이룬 셈이다.

하지만 나의 종교는 여전히 야구다. 새벽기도를 하고, 헌금을 내고, 봉사를 하고, 그럴싸한 직책을 가졌다고 신앙인인 것은 아니다. 장로인 내가 하는 말이니까 믿어도 좋다.

믿지도 않으면서 교회에 다니는 것만큼 고역은 없다지만 나는 교회생활에 잘 적응했다. 하지만 가끔은 짜증도 났다. 수요예배 때문이었다. 수요예배 시간은 저녁 일곱 시로 야구경기와 겹쳤다. 나는 그 잔을 피해 가고 싶었지만 결국 아내의 뜻대로 할 수밖에 없었다. 그것이 내가 짊어져야 할 십자가였다. 나는 지난 삼십 년 동안 매주 수요일마다 그 십자가를 지고 교회의 계단을 올랐다. 하지만 오늘만큼은 그 십자가를 내팽개치고 싶었다. 오늘은 한 시즌이 끝나는 마지막 경기가 열리는 날이자 이 세계의 진정한 승자가 가려지는 날, 바로 한국시리즈 최종전이 열리는 날이기 때문이다.

왜 하필이면 수요일인가.

나는 책상 한편에 둔 십자가에 달린 예수 조각상을 바라보며 분통을 터뜨렸다. 경찰청에서 잠실야구장까지 삼십 분이면 되는 거리를 가지 못하는 내 처지가 원망스러웠다.

나는 조각상을 보며 기도했다.

'나에겐 보이지 않지만 당신에겐 길이 있지 않습니까? 하나님, 힘 좀 써주십시오.'

신은 대답이 없었다. 이왕 교회에 다니는 것, 나도 신의 응답이란 걸 받아본다면 진지하게 믿어볼 생각도 있었다. 하지만 신은 항상 과묵했다.

체념한 나는 교회 갈 준비를 하기 위해 서랍을 열어 성경을 꺼냈다. 찬송가가 합쳐져 지퍼 형태로 닫히게 되어 있는 성경 사이에 코팅이 된 책갈피가 삐져나와 있었다. 뜬금없이 아내를 처음 만났을 때가 생각났다. 만나고 싶다는 내 고백에 대한 답장을 내 가방에 슬쩍 끼워놓았던 그녀. 그 쪽지를 집어 들던 때의 설렘. 나는 두근거

리는 마음으로 교회에서 받아놓고 단 한 번도 신경 쓰지 않았던 책
갈피를 꺼내 읽어보았다. 거기엔 이렇게 적혀 있었다.

여호와께서 내 간구를 들으셨음이여
여호와께서 내 기도를 받으시리로다.
시편 6편 9절

신이 보낸 답장 같았다. 뭔지 모를 벅찬 감동으로 앉아 있는데 보
좌관이 청장실로 들어왔다. 그의 얼굴이 천사처럼 빛나 보였다.

3

1회 초

　권력이 커질수록 아부하는 인간들의 숫자는 늘어만 갔다. 눈치 없는 것들은 골프채를 내밀었고, 머리가 돌아가는 놈들은 내가 좋아하는 선수의 사인이 적힌 배트를 들고 왔다. 눈치 없는 것들이나 머리가 돌아가는 놈들이나 나는 가까이 하지 않았다. 나는 야구를 좋아할 뿐, 아부꾼들은 좋아하지 않는다.

　"청장님, 근데 우태진이 누굽니까?"

　옆에서 걷고 있던 무관이 말했다.

　강력계에 함께 있던 시절, 깡패들에게 야구배트를 휘두르는 모습에 반해 보좌관으로 임명했단 소문이 돌았지만 무관은 제 이름처럼 야구와는 무관한 녀석이다. 무관은 우태진이 누구인지도 모를 정도로 야구엔 아무런 관심도 없다. 그리고 권력에도 관심이 없다. 무관은 내가 듣기 싫은 소리라도 그게 옳다고 생각되면 아무렇지도 않게 돌직구를 던지는 무신경한 놈이다. 그게 내가 무관을 곁에 두는 이유다.

"지금 사건 때문에 가시는 게 맞긴 하죠?"

"그럼 서울 한복판에서 은행 강도 사건이 터졌는데 내가 야구나 보겠다고 여기 왔겠냐?"

사건은 은행 마감 시간인 네 시에 일어났다. 청원경찰이 정문 셔터를 내리고 아직 일을 보지 못한 고객들이 나갈 수 있도록 뒷문을 개방하려 할 때, 이십 대 중반으로 추정되는 남자가 뒤에서 총으로 청원경찰을 제압했다. 다시 창구로 돌아온 범인은 총으로 직원들을 위협했지만 직원 한 명이 몰래 신고 버튼을 눌러 경찰이 출동, 현재는 범인이 손님들과 은행원들을 인질로 잡고 대치 중이다.

프로야구 1군 감독이 2군 선수들까지 챙기는 일은 흔하지 않다. 하지만 2군에 시속 160킬로미터의 공을 던지는 투수가 있다면 직접 확인해봐야 한다. 전국에서 터지는 모든 사건이 내 귀에 올라오진 않지만 한국시리즈가 열리는 잠실야구장과 십 분 거리의 은행에서 강도 사건이 터졌다면 내가 나설 만한 일이다.

"그렇다고 직접 만나실 필요는 없지 않습니까?"

"범인이 내건 조건을 봐라. 이 사건이 야구랑 연관이 있는 건 분명하잖냐. 너 경찰 중에 나보다 야구에 대해서 잘 아는 놈 아냐? 근데 구경만 하라고? 나는 그렇게 못한다."

무관이 이리 반응하는 것도 이해는 갔다. 나는 종종 야구 앞에서 이성을 잃어버리니까. 하지만 한 달 후면 이 년 동안의 청장 임기도 끝이다. 젊음을 바친 경찰로서의 삶이 끝나는 것이다. 이때까지 별다른 사고 없이 잘해왔는데 인질들이 죽는 사태라도 벌어진다면 나부터가 용납할 수 없었다. 내가 진정으로 원했던 길은 아니었지만 마무리는 잘하고 싶었다. 그리고 범인의 요구사항을 생각해봤을 때, 이 사건을 잘 마무리하기에 나보다 적합한 인물은 없었다. 하지만 더그아웃이 가까워질수록 뜨거워지는 마음도 어쩔 수 없었다. 관중의 함성이 점점 더 크게 들려오자 나는 경기에 나서는 선수라도 된 것처럼 가슴이 뛰었다.

1회 초, 이글스의 1번 타자가 끈질긴 승부 끝에 볼넷으로 출루하고 도루까지 성공했지만 2번 타자가 보내기 번트에 실패했다. 팬들의 환호와 탄식이 엇갈렸다.

나는 흥분되는 마음을 애써 가라앉히며 무관과 함께 더그아웃 뒤편의 선수대기실로 들어갔다. 텅 빈 선수대기실 중앙에 이글스의 유니폼을 입은 한 남자가 고개를 숙이고 앉아 있었다. 경찰서에 붙잡혀 온 죄인 같은 모습이었다. 그 모습을 보니 갑자기 마음이 차분해졌다. 경찰로 살아오며 수없이 많은 이들을 취조실에서 만났다.

정말 드물지만 개중에는 진심으로 자신의 죄를 반성하며 앉아 있는 사람들이 있었다. 하지만 대부분은 어떻게 하면 이 상황을 모면할까 머리를 굴리는 녀석들이었다. 심지어 자신은 잘못한 것이 없다고 생각하는 놈들도 있었다. 물론 그중엔 정말 억울하게 잡혀 온 사람도 있었다. 인기척을 느끼고 불만과 불안이 뒤섞인 얼굴로 우리를 바라보는 저 남자는 어느 쪽일까. 어떤 인생을 살아왔을까. 이제부터 확인해볼 문제였다.

"안녕하십니까. 우태진 씨, 반갑습니다."

내가 손을 내밀며 말했다.

그는 안녕하지 못한 눈빛으로 자리에서 일어나 내 손을 잡았다. 그의 야구 인생이 고스란히 담겨 있는 굳은살이 가득한 손으로.

4

1회 말

전설적인 홈런 타자 베이브 루스는 1루로 가는 길이 오르막길처럼 느껴지면 야구를 그만두어야 한다고 말했다. 그 말을 투수에게 적용한다면 이럴 것이다.

'마운드가 너의 무덤처럼 보인다면 야구를 그만두어야 한다.'

나의 팔에 힘이 있었을 때, 마운드는 타자들의 무덤이었다. 나는 덩치가 코끼리만 한 타자들의 배트를 수없이 부러뜨리며 그들의 무덤 위에서 부와 명성을 쌓았다. 고교 시절부터 당장 프로에 가도 통한다는 평을 들을 정도의 유망주였지만 대학은 가야 한다는 아버지의 뜻에 따라 프로가 아닌 대학 무대에 먼저 등장, 다른 모든 선수를 압도하는 플레이로 탈삼진왕, 승률왕, 방어율왕, 다승왕 등 투수에 관련된 모든 상을 휩쓸었다. 그러한 실적을 인정받아 방콕 아시안게임에선 프로선수들로 구성된 대표팀에 유일한 대학선수로 출전해 금메달을 획득하며 합법적인 신의 아들이 됐다. 프로에 진출해서도 나의 기세는 멈출 줄을 몰랐다. 데뷔 연도에 역대 최고의 신인이라는 평가를 받으며 한국시리즈에서만 3승을 거두고 구단에 우승을 안겨주었다. 내 나이 고작 스물네 살 때였다. 높이 솟은 마운드는 모두가 나를 우러러보는 자리였고, 나는 완벽한 인생의 주인공이었다.

우승 후 토크쇼에 나갔을 때, 진행자였던 여자 아나운서가 이런 질문을 했다.

"겨우 이십 대 중반에 남들이 평생 노력해도 해낼 수 없는 것들을 현실로 만들어내셨어요. 앞으로 또 얼마나 놀라운 기록을 써나갈지 감히 예상할 수도 없는데요. 여기서 우태진 선수에게 묻습니다. 본인이 생각하기에 가장 완벽한 커리어를 만들기 위해선 무엇을 더 해야 할까요?"

나는 아나운서의 완벽한 다리를 훔쳐보며 두 가지를 떠올렸다. 당신 같은 여자를 내 여자로 만드는 것, 그리고 경기가 끝날 때까지 단 한 명의 타자도 1루를 밟지 못하게 하는 것. 나는 수줍은 얼굴로 후자만 이야기했다.

내 시커먼 속을 모르는 그녀가 호들갑스럽게 말했다.

"퍼펙트게임이요! 역시 투수라면 누구나 그런 꿈을 꾸겠죠. 한국 프로야구 역사상 퍼펙트게임을 해낸 투수는 아무도 없으니까요. 우태진 선수, 가능할까요?"

"열심히 하다 보면 자연스럽게 되지 않을까 생각합니다."

그때의 나는 진심으로 그렇게 생각했다.

열심히 하지 않았던 것은 아니다. 하지만 나는 완벽한 커리어를 만들기 위해 필요했던 두 가지 모두를 얻지 못했다. 완벽한 다리를 가진 그녀는 방송 후 한 달도 지나지 않아 재벌 2세와 결혼을 발표했고, 나는 그 뉴스를 티브이로 지켜보며 배가 아닌 팔꿈치에 통증을 느꼈다. 타자들의 배트를 부수는 동안 내 팔꿈치도 부서지고 있었던 것이다. 당장 병원으로 달려갔어야 했는데 별것 아닌 일시적인 증상이라고 생각했다. 그렇게 믿고 싶었던 것 같다. 나는 우승 다음 시즌에도 제법 괜찮은 성적을 올렸지만 경기마다 조금씩 기복이 심해졌다. 팔꿈치의 통증이 오락가락했기 때문이다. 시간이 지날수록 통증은 뚜렷해졌지만 프로선수라면 누구나 약간의 부상은 갖고 사는 것이라 생각했다. 중요한 경기가 있을 때면 진통제를 맞고라도 마운드에 올랐다. 하지만 그다음 시즌은 버텨내지 못했다. 구속이 크게 떨어졌고, 나는 그제야 팔꿈치가 아프다고 말했다. 의사는 왜 이렇게 늦게 왔냐며 당장 수술을 권했다. 결국 나는 미국으로 가 수술대에 올랐고, 재활 기간으로만 일 년을 날리고 마운드로 돌아왔다. 다시 공을 던지기 시작한 나는 여전히 좋은 투수였다. 하지만 이전처럼 완벽에 가까운 투수는 아니었다. 배트를 박살내버리던 공의 위력이 사라져버렸다. 잃어버린 것을 인정하고 남아 있는 것들로 최선을 다했더라면 좋은 투수로 남았을 텐데 나는 다시 완벽해 보였던 시절로 돌아가려고 했다. 힘을 얻기 위해서 체중을 늘리고, 투구 자세를 더 역동적으로 가져가자 몸의 균형이 무너졌다. 결국 축이 되는 오른쪽 무릎이 고장 났다. 나는 다시 수술대에 올랐다. 그다음부턴 재활과 재발의 반복이었다. 덕분에 팀에서 쫓겨나도 할 말이 없는 성적이 이어졌지만 구단은 나를 버리지 않았다. 어쨌든 나는 팀의 마지막 우승의 상징과 같은 존재였다. 부진한 모습에도 팬들은 나를 지지해주었다.

하지만 타자들은 더 이상 나를 두려워하지 않았다. 마운드에 올라갈 때마다 단상으로 불려가 모두가 보는 앞에서 배트로 두들겨 맞는 것 같았다. 더 맞느니 차라리 죽는 게 낫다는 생각이 들던 날, 나는 은퇴를 선언했다. 그리고 예정대로였다면 내년 따뜻한 봄날에 승패와 상관없는 경기의 마운드에 올라 딱 한 타자를 상대하고, 사진 한 장 박고서 퇴장하면 되는 거였다. 박수 쳐줄 팬은 남아 있지 않겠지만 오랜 골칫덩이를 내보낼 구단 관계자들은 뜨거운 환호를 보내줄 것이었다.

그런데 나는 지금 어디에 서 있는 건가. 지축을 울리는 이 함성은 분명 관계자들의 것이 아니다. 믿기지 않지만 이곳은 한국시리즈 최종전의 마운드고, 내 앞에서 배트를 휘두르며 나를 두드려 팰 준비를 하고 있는 타자는 올해 정규리그 우승팀의 1번 타자다. 나는 더그아웃을 바라봤다. 감독이 나에게 격려의 박수를 보냈다. 나는 갑자기 기도가 하고 싶어졌다. 삼손처럼 마지막으로 딱 한 번만 나에게 강속구를 던질 힘을 달라고. 그렇게만 해준다면 나는 저 정신 나간 감독의 얼굴에 내 인생 최고의 공을 던져줄 것이다. 아무리 선수가 없다고 해도 어떻게 이 상황에 나를 올려 보낼 생각을 하나. 애초에 예우고 뭐고 출전명단에서도 빼달라고 그렇게 부탁을 했는데 기어이 자기 마음대로 올려놓더니 이런 말도 안 되는 짓을 해? 우승에 실패할 경우 나를 희생양으로 삼으려는 술수가 분명했다. 어차피 망가질 대로 망가진 인생, 욕받이나 하라는 거겠지. 사악한 놈!

하지만 더 심각한 문제는 우리 감독 말고도 정신 나간 놈이 이 근처에 하나 더 있다는 것이다. 1회 초에 들이닥친 경찰에 따르면 이곳과 십 분 거리의 은행에서 어떤 미친놈이 총을 들고 인질극을 벌이고 있다. 그놈은 놀랍게도 경찰을 통해 나를 찾았다. 경찰이 전해준 놈의 요구사항은 간단했다. 몇 실점을 해도 좋으니 경기가 끝날 때까지 마운드에서 내려오지 말란 것이다. 내가 세 명의 타자를 아웃시키고 한 회를 버텨낼 때마다 놈은 세 명의 인질을 풀어주겠다고 약속했다. 하지만 만약 내가 중간에 경기를 포기하고 마운드를 내려온다면.

그땐, 누군가 죽는다.

미친놈이다. 미친놈이 아니면 할 수 없는 발상이야. 근데 왜 하필 나여야 해? 그냥 조용히 꺼져주겠다는 사람한테 왜 이러는데? 내가 뭘 잘못했다고?

도무지 현실감이 없는 상태에서 연습투구조차 못하고 멍하니 마운드에 서 있었지만 현실은 더 이상 화낼 시간조차 허락하지 않았다. 상대 팀의 타자가 타석에 들어섰다. 포수는 자리에 앉아 자세를 잡았다. 심판이 플레이볼을 선언했다. 나는 내 무덤 같은 마운드 위에서 욕을 내뱉으며 첫 번째 공을 던졌다.

될 대로 되라지.

5

2회 초

지금 내 앞엔 스물일곱 명의 인질이 뒤로 손이 묶인 상태로 고객용 소파에 앉아 있다.

은행이 위치한 잠실역 사거리는 유동인구가 많고 백화점, 대형 쇼핑몰 등이 위치해 상권이 발달한 지역이라 지점의 크기가 백 평에 달했다. 인질들은 청원경찰을 포함해 직원들의 숫자만 스물한 명이고, 마감이 넘도록 은행에 남았다가 붙들린 손님이 여섯이었다. 기업창구에서 상담을 하던 중년의 남자, 어린 아들을 데리고 온 어머니, 서른 정도 되었을 것 같은 젊은 여자, 백발이 성성한 노부부까지, 사람들은 겁에 질려 있었다. 제일 충격이 커 보이는 사람은 내 또래인 것 같은 청원경찰이었다. 명색이 청원경찰이지만 누군가가 자신의 머리에 총을 겨눌 거라는 생각을 해본 적은 없을 것이다. 평소 퇴근하고 난 후에는 무엇을 할까. 청원경찰은 퇴근이 빠른 편이니 밤에는 학원을 다니며 공부를 할지도 모르겠다. 야구를 좋아한다면 오늘 밤은 치킨을 시켜놓고 친구들과 야구를 볼 수도 있었겠지. 그의 계획이 어떤 것이었든 간에 오늘은 글렀다. 미안하지만 인생이란 원래 이런 것이다. 나의 인생 계획표에도 은행 강도가 되는 일 따위는 없었다.

미국에서 야구를 했을 때, 내 포지션은 포수였다. 포수는 상대하는 모든 타자의 데이터를 머릿속에 넣고 있어야 했다. 좋아하는 구질과 싫어하는 구질, 적극적으로 덤벼드는 타입인지, 신중하게 공을 기다리는 쪽인지, 스윙의 궤도는 어떤지, 타구의 방향은 주로 어느 쪽으로 형성되는지, 힘은 얼마나 좋고, 달리기는 얼마나 빠른지, 그 모든 정보를 종합해 상황에 맞게 투수에게 공을 요구하고 받아낸다. 하지만 아무리 계산을 잘해도 질 수밖에 없는 때가 있다. 알지도 못하던 후보 타자가 튀어나와 홈런을 친다거나, 분명 홈런이라고 생각했던 타구가 담장 앞에서 잡히기도 한다. 계획한 대로 되는 일은 별로 없다. 그게 인생의 한계다. 하지만 분명한 것도 있다. 경기가 어떤 식으로 전개되고, 어떻게 끝이 날지는 모르지만 내 손에 든 총은 발사될 것이다. 그리고 내일 아침 톱뉴스는 한국시리즈 우승팀이 아니라 죽은 자와 죽인 자, 두 사람이 차지할 것이다.

나는 인질들의 뒤편에서 이어폰을 귀에 꽂고 휴대폰으로 경기를 지켜봤다. 우태진의 공은 밋밋했다. 타자들의 배트가 매섭게 돌았고, 공은 뻗어나갔다. 하지만 그 공 모두가 수비수들의 글러브로 들어갔다. 수비 위치가 좋았던 건지, 운이 좋았던 건지는 모르지만 1회 말에 나온 세 명의 타자는 순식간에 아웃됐다. 하지만 저런 구위로는 오래 버틸 수가 없다. 당장 다음 회에 나올 강타자들을 막아내긴 역부족이다. 쌀쌀한 날씨에도 진땀을 흘리며 마운드에서 내려오는 우태진의 모습이 화면에 잡혔다. 우태진이 경기를 포기하면 내가 해야 할 일을 다시 한 번 정리해보는데 데스크의 전화가 울렸다. 경찰 협상 팀이었다.

나는 수화기를 들고 말했다.

"지금 세 명 내보내겠습니다. 잠시만 기다려주세요."

나는 전화를 끊고 인질을 둘러봤다.

손이 묶인 상태에서도 옆에 있는 아들을 자신의 품에 두려고 애쓰는 어머니의 모습이 애처로웠다. 유치원생 정도로 보이는 아들은 커다란 눈을 끔뻑거리며 엄마의 품에 몸을 기댔다.

내가 저 아이와 비슷한 나이였을 때, 엄마는 한 달에 한 번 나를 데리고 집 앞에 있는 은행에 갔다. 엄마는 평소엔 걸핏하면 화를 내다가도 은행에 가는 날이면 늘 기분이 좋아 보였다. 은행을 다녀오는 길에 엄마는 옷집에 들러 새 옷을 샀다. 새 옷을 입은 엄마는 예뻤다.

마지막으로 엄마와 은행을 간 날은 평소와 달랐다. 창구의 여직원과 대화를 나누던 엄마의 얼굴이 험악하게 일그러졌고, 곧 엄마는 무장 강도처럼 돈을 내놓으라고 소리를 쳤다. 엄마가 욕을 퍼부으며 여직원의 머리채를 잡자 청원경찰이 엄마를 끌어냈다. 소파에 앉아 있던 나는 무엇을 해야 할지를 몰랐다. 무서웠다.

나는 어미 새와 아기 새처럼 들러붙은 어머니와 아들에게 다가가 말했다.

"어머님, 나가시지요."

"네? 우… 우리 아이는?"

그녀가 금방이라도 울 것 같은 표정으로 말했다.

"당연히 같이 가셔야죠. 죄송하지만 줄은 나가서 풀어달라고 해주세요."

"고맙습니다, 선생님. 감사합니다, 선생님."

그녀는 눈물을 글썽이며 나에게 연신 고개를 숙였다. 그 울음 섞인 말 속에서 배어나오는 공포와 이제 곧 그 공포에서 벗어난다는 안도감이 지금 내가 하고 있는 짓이 무엇인지 분명히 알게 해주었다. 아무리 친절하게 말을 건네도 나는 은행 강도인 것이다.

풀려나는 사람이 생기자 다른 인질들이 웅성거렸다. 나는 이번엔 손님들이 아닌 직원들 쪽을 살폈다. 이런 상황에 대한 대처훈련을 받았겠지만 직원들 역시 겁을 먹었기는 마찬가지였다. 피칭머신을 상대로 연습을 하는 것과 실제 경기에서 타석에 서는 건 전혀 다른 법이다. 하지만 드물게도 연습 때의 기량을 실전에서 고스란히 발휘하는 배짱 좋은 선수도 있다. 나는 잔뜩 움츠러든 동료들 사이에서 꼿꼿한 자세로 입을 꾹 닫고 있는 여직원을 지명하여 일어나게 했다. 170센티미터 정도 되어 보이는 큰 키에 조금은 마르고, 어깨에 살짝 닿을 정도의 머리가 얼굴 위를 흘러내리고 있는 그녀는 나에게 감사하단 말을 하지 않았다.

유니폼 왼쪽 가슴에 정하나라는 명찰을 붙이고 있는 그녀는 고집스런 얼굴로 나에게 말했다.

"왜요?"

침착한 태도였다. 아마 신고 버튼을 누른 것도 저 사람일 것이다. 위험한 타자는 걸어 나가게 하는 것도 한 방법이다.

"풀어줄 테니까 여기 어머님하고 아이 좀 모시고 나가세요."

"손님들부터 보내주세요!"

"나가기 싫어요?"

"전 여기 직원이니까 나가도 나중에 나가야죠."

그녀는 내 눈을 똑바로 보며 크고 당당하게 말했다. 차렷 자세로 굳게 쥔 두 주먹은 겁을 먹어서가 아니라 화가 났기 때문이다. 그녀라고 총을 든 상대가 무섭지 않은 것은 아닐 테지만 두려움보다도 분노의 감정이 더 큰 것이다. 나는 그것을 분명히 알 수 있었다. 나도 그녀와 똑같은 상태였기 때문이다. 나는 무서웠다. 그리고 미치도록 화가 났다. 그래서 두려움에 떨리는 손으로 총을 더욱 굳게 잡았다.

"선생님!"

옆을 돌아보자 지점장이 땀을 흘리며 엉거주춤하게 일어섰다.

"저기, 제가 심장에 지병이 있어서, 제가 먼저 나가면 안 될까요?"

거짓말인 게 뻔했지만 경찰이 기다리고 있었다. 더 지체할 순 없었다.

내가 손짓을 하자 지점장이 스프링이 튕기듯 앞으로 나섰다. 나는 어머니와 아이를 셔터 앞에 서게 하고, 지점장의 손을 풀어준 후에 총을 겨누고 셔터를 삼분의 일만 올리라고 명령했다.

"불편하시겠지만 아래로 나가주십시오. 죄송합니다, 어머님. 미안하다, 꼬마야."

나는 그렇게 말하고 지점장의 등을 총구로 밀었다. 어머니와 아이가 먼저 셔터 밑을 통과하고 지점장이 거의 구르듯이 밖으로 나갔다. 덩치에 맞지 않게 날렵한 움직임이었다. 셔터를 다시 내리는데 심장이 아프다는 지점장이 손이 묶인 어머니와 아이를 밀치고 경찰 쪽으로 뛰어가는 것이 보였다. 셔터가 내려오고 나는 창가로 이동해 블라인드 사이로 어머니와 아들을 찾았다. 저격수가 배치되어 있겠지만 이제 막 인질이 나간 상황에서 내가 범인임을 확신하는 것은 무리다. 그때까진 나를 포착해도 함부로 쏠 수 없을 것이다. 경찰이 묶인 손을 풀어주자 어머니가 아들을 끌어안고 울었다.
나는 모자가 경찰의 인도를 받으며 시야에서 사라질 때까지 그들의
모습을 한참이나 바라보았다.

6

2회 말

나는 방금 악몽에서 깨어난 사람처럼 진땀을 흘렸다. 포수가 내 어깨를 쳐주지 않았다면 2회 말이 시작되는 것도 모를 정도였다. 경찰에 따르면 은행에 있는 정신 나간 놈은 1회 말이 끝나자 약속 대로 세 명을 내보냈다. 하지만 나는 기쁘지 않았다. 내보내겠다는 약속을 지켰다는 소리는 내가 경기 중간에 마운드를 내려오면 누군 가 죽게 될 거라는 약속도 지킬 것이란 말이기 때문이다. 아직도 스 물네 명이 갇혀 있었고, 나는 끝까지 버텨내기는커녕 이번 회를 넘 길 자신도 없었다. 경찰이 먼저 놈의 정체를 알아내 체포를 하든 설득을 하든 하는 수밖에 없지만 아직까지 전혀 감을 못 잡고 있는 것 같았다. 그리고 그건 나도 마찬가지였다. 짐작 가는 사람은 없냐는 경찰의 말을 듣고 내가 떠올린 얼굴은 누군지도 모르는 정신 나간 놈이 아니라 한 야구기자였다.

부상을 당한 후로 나는 스포츠면보다 사회면에 나오는 일이 많았다. 그중에서도 가장 큰 사고는 룸살롱에서 폭행사건을 일으킨 것이었다. 한창 재활 중으로 알려졌던 시기에 터진 그 사건은 나를 지지해주던 팬들조차 돌아서게 했다. 그 사건을 특종으로 보도한 기자는 재미가 들었는지 그 후로도 악의적인 기사만 쏟아냈다. 심지어 내가 약물에까지 손을 댄다는 기사를 내보내 공개검사까지 받게 했다. 깨끗하다는 판정을 받은 나는 기자를 명예훼손으로 고소했고 현재는 재판이 진행 중이다. 기자는 야구장에서 마주칠 때마다 합의를 구하는 건지 협박을 하는 건지 알 수 없는 태도로 내 신경을 긁었다.

"미안하게 됐네. 믿을 만한 소스라서. 내가 안 썼으면 아마 다른 사람이 썼을 거야. 우리 일이 원래 이런 거잖아요. 이해 좀 해줘요. 다들 내가 우리 태진 선수 싫어하는 줄 알지만 그렇지 않아. 사실 내가 갖고 있는 다른 것들도 많이 있는데 태진 선수 생각해서 조용히 있는 거예요. 무슨 말인지 알죠?"

기자는 오늘도 경기 전에 찾아와서는 이런 말을 했다. 너무 황당해서 인상만 쓰고 있는 사이에 그는 유유히 사라졌다. 아마도 기자석에서 관전을 하고 있을 그가 지금 벌어지고 있는 일을 알게 된다면 그의 손가락은 키보드 위에서 치어리더처럼 춤을 출 것이다.

　이런 잡스런 생각들은 상대팀 4번 타자가 등장하자 순식간에 사라졌다. 1회 말은 운이 좋았다. 안타가 될 만한 타구들이 어쩌다 수비수들의 글러브로 들어갔을 뿐이었다. 하지만 지금 내 앞에서 망나니가 칼춤을 추듯 배트를 휘두르는 타자에게는 요행을 바랄 수가 없다. 백 킬로그램이 넘는 거구인 녀석은 올해의 홈런왕으로 정규시즌에 마흔네 개의 공을 담장 밖으로 날려 보냈고, 이번 시리즈에서도 이미 세 개의 홈런을 쳐냈다. 1회 말처럼 했다간 녀석이 쳐낸 공은 수비수들의 글러브가 아니라 외야석에서 홈런 볼을 잡으려 대기하고 있는 관중의 글러브 속으로 들어갈 것이다.
　나는 공을 던지는 대신 타임을 걸고 포수를 마운드로 불러냈다.
　"왜 그러세요?"
　포수가 마스크를 벗고 말했다.
　"사인을 줘야 할 거 아니야."
　"네?"
　포수는 말이 안 통하는 외국인 투수와 대화하는 것처럼 인상을 쓰며 되물었다.
　"아, 사인을 주라고!"
　"제가 사인을 내라고요? 내면 그대로 던지실 거예요?"

포수가 어이없다는 듯 웃으며 말했다.

그럴 만도 했다. 나는 선수 생활 내내 한 번도 포수의 리드를 따른 적이 없었으니까.

내가 입단할 당시 우리 팀엔 프로야구 역사를 통틀어 세 손가락에 꼽힐 만한 명포수가 있었다. 투수들은 그를 신처럼 떠받들었다. 경기가 끝나면 승리한 투수들은 그저 포수가 요구한 대로 공을 던졌을 뿐이라며 그에게 승리의 영광을 돌렸다. 나는 그게 싫었다. 마운드는 나의 무대였고, 내가 경기의 주인공이었다. 승리의 영광도 내가 차지해야 옳았다. 나는 내가 누려야 할 영광의 한 조각도 포수와 나눌 생각이 없었다. 나는 성향이 맞지 않는다는 이유로 전담 포수를 고집하며 그 선배와는 호흡을 맞추지 않았다. 다른 후보 포수들 역시 선배들이었지만 내 덕에 경기를 뛰게 된 것이니 군소리 없이 나를 따랐다. 나에게 포수란 내가 던지는 대로 공만 받으면 되는 존재였다.

"그래, 사인 주는 대로 던질게."

"갑자기 안 하던 행동을 하시니까 불안하네요."

"죽을 때가 돼서 그런가보지. 오늘이 내 야구 인생이 끝나는 날 아니냐. 여기가 내 무덤 아니냐고. 죽을 때 죽더라도 할 건 다 해보고 죽어야지. 안 그러냐?"

"좋습니다. 가시는 마당에 소원 한번 들어드리죠."

포수가 능글맞게 웃으며 나에게 공을 건네고 마운드를 내려갔다.

스물넷의 나는 슈퍼스타에 목마른 한국 야구의 구세주였다. 하지만 지금의 나는 수렁에 빠진 내 인생도 건져낼 재간이 없었다. 누릴 영광 따윈 남아 있지 않았다. 그런 나에게 한국시리즈란 무대와 스물네 명의 인질은 버거운 짐이다. 나는 나의 멍에를 함께 지어줄 친구가 필요했다.

자리로 돌아간 포수가 사인을 냈다. 한가운데 슬로우커브. 평소라면 절대 던지지 않을 공을 나는 한결 편한 마음으로 던졌다.

망치면 다 저놈 책임이다.

7

3회 초

"같은 사람 맞습니까?"

무관이 화면에서 눈을 떼지 못하며 말했다.

다른 사람이다. 겉은 같아도 1회 말의 우태진과 2회 말의 우태진
은 다른 투수였다. 기적이라도 일어나 전성기 시절의 구위가 돌아
온 건 아니다. 그가 갖고 있는 구질은 변함이 없지만 공을 던지는
방식이 달라졌다.

교회에서 이런 설교를 들은 적이 있다. 거듭난다는 것은 삶의 방
식이 달라지는 것이라고. 그 말대로라면 지금 우태진은 경기 중에

새로운 투수로 거듭나고 있었다. 1회 말에 베어스의 타자들은 공이 멈춰 있기라도 한 것처럼 우태진의 투구를 골프를 치듯 풀스윙으로 때려댔다. 하지만 2회 말이 되자 시원하게 돌아가던 타자들의 배트가 얄미운 모기 때문에 밤잠을 설친 사람의 눈꺼풀처럼 무거워졌다. 타자들은 힘을 잔뜩 주고 배트를 붕붕 돌려댔지만 세 타자 연속으로 삼진이 이어졌다. 중계화면에선 삼진 장면만을 편집해서 다시 보여줬다. 우태진이 던진 공이 타자 앞에서 땅으로 푹 꺼졌다. 테이블 위를 구르던 공이 모서리 끝에서 바닥으로 떨어지는 것처럼.

"어떻게 저럴 수가 있습니까?"

무관이 감탄했다.

"스플리터라는 변화구야. 1회 때도 저 공은 괜찮았는데 직구 구속이 느려진 게 오히려 도움이 되는 모양이구면."

"공은 느리면 안 좋은 거 아닙니까?"

"속도보다 제구가 더 중요해. 지금 우태진이 직구 구속은 변화구인 스플리터하고도 별 차이가 없어. 타자 입장에선 같은 폼으로 나오는 비슷한 구속의 전혀 다른 두 가지 공을 상대해야 한다고. 뭐가 올지 어떻게 알겠나? 직구라고 생각하고 휘두르면 바닥으로 꺼지고, 변화구인 줄 알고 기다리는데 직구가 들어오면 미칠 노릇이지."

우태진은 이제껏 강속구 투수였던 시절로 돌아가겠다는 생각에 쓸데없이 힘만 잔뜩 들어간 상태에서 공을 던졌다. 그런다고 공이 빨라지지도 않을뿐더러 날아가는 방향도 엉망이었다. 지금은 느리지만 구석구석을 찔렀다. 잃어버린 속도만 찾아 방황하다가 야구 인생의 마지막 날에야 올바른 방향을 찾은 셈이다.

나는 타이거즈의 골수팬이지만 응원 팀을 떠나 모든 야구 마니아 들에게 우태진은 애증의 존재였다. 고교 때부터, 전설적인 투수였 던 최동원과 선동렬을 합쳐놓은 것 같은 재능이란 평가지 들었으니 그에 대한 야구팬들의 기대치가 얼마나 컸는지 짐작할 수 있다. 하 지만 태양처럼 빛날 것 같았던 그 거대한 재능은 봄날의 꽃처럼 잠 시 잠깐 피어오르다 지고 말았다. 우태진이 타자들을 돌려세울 때 마다 이글스의 팬들은 열광했지만 그의 예전 모습을 기억하는 나는 서글픈 마음이 들었다. 마지막 불꽃도 곧 꺼져버릴 것이었기 때문 이다.

티브이에서 3회 초 이글스의 공격이 시작되는데 대기실 문이 열 리고 우태진이 들어왔다.

"어떻게 돼가고 있습니까?"

방금 전까지 한 생각을 들킬까 싶어 고개를 숙인 나 대신 무관이 답했다.

"약속한 대로 범인이 인질을 세 명 더 내보냈습니다."

"계속 여기 계실 겁니까?"

우태진이 양손을 허리춤에 올리며 말했다. 둘이 씨름이라도 할 생각인지 무관도 태진처럼 허리에 손을 대며 응수했다.

"그 일대의 병력이 전부 다 그 앞에 가 있습니다. 이곳도 엄연한 사건 현장입니다."

"범인은 한 명이라면서요! 특공대든 뭐든 투입을 해서 끝을 봐야 할 거 아닙니까?"

"그 한 명이 총을 갖고 있어요!"

둘 사이에 대화가 오고 가면서 점점 언성이 높아졌다. 둘이 한판 붙기 전에 내가 끼어들었다.

"우태진 씨, 인질극에서 인명피해가 제일 큰 상황이 언제인지 알아요? 경찰이 돌입할 때예요. 무조건 쳐들어가면 다 살 것 같아요? 그런 상황은 가능한 한 피해야 해요. 협상을 통해 자수를 하게 하는 것이 가장 좋은 방법입니다. 경찰은 최선을 다하고 있으니 우태진 씨도 마지막까지 마운드에서 최선을 다해주세요."

"여기서 야구나 보시는 게 최선을 다하는 겁니까?"

"야구로 치면 나는 감독입니다. 나는 지시하고, 부하들은 따르지요. 보고에 따르면 범인은 침착함을 유지하고 있어요. 약속한 대로 매 회가 끝날 때마다 인질들도 내보내고 있지요. 지금 쓸데없이 범인을 자극하고 위험을 감수할 이유가 없습니다."

"제가 못 버티고 내려오면요? 그때는 어쩌실 건데요?"

"특공대와 저격수들은 대기 중입니다. 들어가야 할 상황이 되면 당연히 들어갑니다. 하지만 인질을 한 명이라도 더 안전하게 구출할 수 있다면 지금은 이 방법이 최선인 거지요. 우태진 씨 덕분에 이미 여섯 명의 시민이 풀려났습니다. 조금만 더 힘을 내주세요. 우리도 최선을 다하겠습니다."

나를 노려보던 우태진은 환장하겠다는 듯 허리춤에 두었던 양손을 허공에 휘두르고는 밖으로 나가버렸다.

"근데 정말 투입 시기는 언제로 잡으실 생각이십니까? 생각 외로 잘하고는 있지만 9회까지 버틸 수는 없는 노릇이고, 마지막까지 마운드를 지킨다고 해도 약속을 지킬 거란 보장은 없지 않습니까?"

무관이 문을 닫고는 말했다.

"협상 팀은 뭐라나? 동기가 뭐 같아?"

"단순히 돈을 노린 건 아닌 것 같답니다. 협상 팀은 물론이고 풀려난 인질들에 따르면 인질들을 상대할 때조차 말투가 공손하고 예의가 바른 편이라, 인질범이 아니라 애프터서비스를 요청하는 점잖은 고객 같았답니다."

"신원 파악은 진전이 없는 거지?"

"이십 대 남자라는 것 말고는 없습니다. 얼굴을 가리지도 않아서 풀려난 인질들을 상대로 몽타주 작업을 하고 있기는 합니다만, 워낙 경황이 없는 상태라 얼마나 정확할지 모르겠습니다."

인질극 상황에서는 인질범이 어떤 사람이며, 무엇을 원하는지를 아는 것이 중요하다. 신원과 동기를 정확히 파악할수록 인질범과 유대관계를 만들기 쉽고, 그렇게 되면 서로 같은 편이라는 인식을 심어줄 수 있기 때문이다. 인질범이 괜히 우태진을 걸고넘어졌을 리는 없다. 광적인 팬이거나 안티일지도 모른다. 분명한 건 야구를 아는 녀석이란 것이다.

"지금 대화 채널이 누구야?"

"조 반장일 겁니다."

"그 친구, 야구는 좀 아나?"

"조기 축구를 하는 걸로 압니다."

어쩌자고 내 곁엔 이런 놈들만 모여 있을까.

한탄하는 동안 3회 초가 끝났다. 이글스 역시 이번 회에 한 점도 뽑지 못했다. 티브이 화면에 마운드로 올라가는 우태진이 보였다.

8

3회 말

타자들은 누구나 홈런을 꿈꾼다. 하지만 담장 밖으로 공을 펑펑 날려 보낼 힘을 가진 선수는 많지 않다. 그래서 자신의 한계를 아는 것은 중요하다. 그 한계 속에서 또 다른 가능성을 발견할 수 있기 때문이다. 일본리그를 평정하고 메이저리그에 건너간 스즈키 이치로는 힘이 부족해 실패할 가능성이 높다는 평가를 받았지만 더 넓어진 구장에서 더 빨라진 투수들의 공을 상대하기 위해 짧고 간결하게 타격 자세를 바꾸면서 리그 최고의 안타 제조기로 우뚝 섰다. 약물의 힘을 빌려서라도 홈런 타자가 되고자 했던 이들이 결국 명예를 잃고 몰락하는 동안에 이 작은 체격의 동양인 타자는 명예의 전당에 들어갈 자격을 갖췄다.

하지만 너무나 뚜렷하게 보이는 느린 공이 '날 좀 넘겨줘요' 하며 날아오면 힘이 없는 타자들도 스윙이 커진다. 하물며 한국시리즈 같은 큰 무대에서 영웅이 되고 싶어 하지 않을 사람이 있을까. 상대적으로 약한 하위타선으로 접어든 3회 말에도 나를 상대하는 타자들의 스윙은 거침이 없었고, 그 스윙들은 전부 다 헛돌았다. 2회 말부터 시작해서 다섯 타자 연속 삼진이다.

달라진 건 없다. 갑자기 그 사이에 투수로서 각성을 한 것도 아니다. 나는 여전히 느려터진 직구와 몇 가지 변화구를 갖고 있다. 1회 말에는 내 마음대로 공을 던졌고, 2회 말부터는 포수가 하라는 대로 따르고 있는 것뿐이다. 왜 이 코스의 공을 요구하는가는 신경 쓰지 않고 포수가 원하는 곳에 공을 던지는 것에만 집중하다 보니 무서워만 보이던 타자들이 떨어져나갔다. 포수가 일어나 주먹을 쥔 상태에서 둘째와 새끼손가락을 펴보였다. 야수들에게 투아웃이라는 것을 인지시키는 것이다. 녀석은 모두에게 기합을 불어넣고는 다시 자리에 앉았다.

재춘이란 촌스런 이름을 가진 녀석은 나와 띠동갑으로 전라도 산골에서 태어난 시골뜨기다. 중학교 때부터 두각을 나타내서 고교 때는 모교를 전국대회 우승으로 이끌면서 괴물 유망주로 이름을 날렸고, 나와는 다르게 대학을 가지 않고 프로로 직행했다. 말하자면 녀석은 포수 버전의 우태진이고, 나의 몰락과 함께 침체에 빠진 팀을 구원해줄 새로운 구세주였다. 그리고 또 나와는 달리 선후배 모두의 신망을 얻으며 상대적으로 약한 투수진을 이끌고 팀을 한국시리즈까지 데려왔다. 내가 싫어할 만한 모든 조건을 완벽하게 갖춘 녀석이자 지금 내가 믿고 의지할 만한 유일한 놈이다.

그런 재춘을 이글스의 팬들은 야구의 신이라 칭송했고, 베어스의 팬들은 신은 신인데 악마라 부르짖었다. 아닌 게 아니라 타자를 상대하는 일이란 어떤 의미에서 악마가 하는 일과 비슷하다. 재춘은 나를 얕잡아보는 타자들의 교만과 큰 무대의 주인공이 되고 싶어 하는 욕망을 이용했다.

스트라이크 존에 들어오는 공을 바른 자세로 받아치면 좋은 타구가 나올 수밖에 없다. 좋은 타자일수록 스트라이크 존을 벗어난 공에는 손을 대지 않는다. 인내하면서 자기가 노리던 공이 오면 받아치는 것이다. 그래서 포수와 투수는 한마음이 되어 타자를 유혹해야 한다. 스트라이크 같은 볼, 볼 같은 스트라이크를 던져서 좋은 공과 나쁜 공의 경계를 흐리는 것이다.

느릿한 공이 스트라이크 존에 걸쳐서 들어오는 것 같다. 받아치면 안타가 될 것 같은 공이다. 운만 따른다면 홈런이 될 것도 같다. 연봉이 올라가는 소리가 들린다. 그 아름다운 소리를 쫓아 방망이가 돌아간다. 하지만 그 소리는 뱃사람을 유혹해 난파시킨다는 전설 속 마녀의 노래와 같다. 맞춰봐야 땅볼밖에 나오지 않을 코스의 볼이기 때문이다. 힘없이 땅을 구르던 공이 수비수의 글러브에 들어가면 상대 팀 응원석에서 탄식이 흘러나온다.

투수들은 자신들과 호흡을 맞추는 포수를 흔히 마누라라고 부른다. 베어스 팬들의 말이 맞다. 내 마누라는 마녀다. 그리고 나의 구세주다. 하지만 나에겐 마녀에게 농락당해 쓸쓸히 돌아가는 타자들을 비웃을 자격이 없다.

타격의 꽃이 홈런이면 투구의 꽃은 삼진이다. 그리고 타자를 압도하는 구위란 홈런 타자의 힘이 그렇듯이 노력해서 얻을 수 있는 것이 아니다. 나는 그것을 갖고 태어났다. 신이 나에게 준 선물이었다. 전력을 다해 던지면 타자들은 내 공에 손을 대지 못했다. 나처럼 선택받지 못한 투수들은 타자들을 맞춰 잡으려 애썼다. 나쁜 공에 손을 대도록 유도하고 야수들의 도움을 받아 아웃카운트를 늘려가는 것이다. 그런 투수들은 경기가 끝난 후 동료들이 수비를 잘해줘서 이길 수 있었다며 고마움을 표시한다. 그들은 어쩌다 야수들이 실책을 해서 패전의 멍에를 써도 이해했다. 반대로 안타가 될 타구를 야수들이 잡아주기도 하니까.

하지만 나는 달랐다. 나는 삼진만을 노렸다. 포수가 내 공을 받기만 하는 자리라면 야수들은 내가 공을 던지는 걸 구경만 하면 됐다. 나는 야수들이 내가 던지는 날엔 할 일이 없어 심심하단 말을 하는 것을 좋아했다. 하지만 팔꿈치가 고장 난 후부터 내가 마운드에 서는 날은 야수들의 유니폼이 흙먼지로 덮이는 날이 되어버렸다. 타자를 압도하지 못하는 나의 공은 총알처럼 구석구석으로 날아갔고, 그 타구들을 잡기 위해 몸을 날리던 야수들은 총이라도 맞은 것처럼 그라운드 위에 쓰러졌다. 하지만 나는 한 번도 뒤를 돌아보며 야수들에게 감사를 표하지 않았다. 대신 하늘을 올려다보며 나에게 준 선물을 도로 빼앗아 간 치사한 신에게 욕을 퍼부었다.

이전으로 돌아갈 수 없다는 건 나도 알았다. 나의 한계를 받아들이고 다른 가능성을 찾기 위해 남몰래 노력하기도 했다. 하지만 마운드에만 오르면 그것을 인정하기 싫었다. 내가 아닌 남이 되는 것 같았다. 내가 아닌 자로 살아가느니 차라리 죽자고 생각했다. 그래서 나는 지금 내 무덤 위에 서 있다. 그런 내가 지금 그토록 싫어했던 방식으로 공을 던지고 있다. 살아보겠다고 발버둥 치고 있다. 그런데 이런 내가 싫지 않다. 아직도 공을 던질 수 있다. 타자들을 아웃시킬 수 있다. 팬들은 그런 나를 향해 환호했다. 볼썽사나울 줄만 알았는데 당황스러울 정도로 기분이 좋았다. 그리고 그만큼 스스로가 한심했다. 나다운 것이 대체 뭔데 나는 왜 내 무덤 위에 서고서야 이런 공을 던지고 있나.

내가 던진 공이 포수의 미트에 들어갔다. 베어스의 9번 타자는 예상 못한 코스의 공에 멍하니 서서 삼진을 당했다. 이글스의 팬들이 일어나 함성을 지르고, 재춘은 마스크를 벗고 환하게 웃으며 나를 바라봤다. 나는 방금 삼진을 당한 타자처럼 고개를 숙이고 더그아웃으로 향했다.

9

4회 초

"야구 좋아하나?"

그가 물었다.

그에겐 그게 인사말 같은 느낌이었다. 아마 그는 누구를 만나도 그렇게 물을 것이다.

"다른 분이시네요."

나는 수화기를 들고 블라인드 때문에 잘 보이지도 않는 창문 바깥쪽을 살피며 말했다.

"내 친구가 자네와 친해지기엔 상식이 없는 것 같아서 말이야. 문제 있나?"

"상관없습니다. 곧 세 명 내보내겠습니다."

나는 그렇게 말하고 전화를 끊으려 했지만, 그는 발 빠른 주자가 투수의 자세를 읽고 도루를 하는 것처럼 내 말을 가로챘다.

"우태진이가 정말 9회까지 버티면 어떻게 되나?"

"약속은 지킵니다. 친구분께도 말씀드렸지만 제 말을 믿어주시면 다치는 사람은 없을 겁니다."

"그래, 방금 그 말 참 인상 깊군."

"네?"

"보통은 이렇게 이야기하거든. 내 말을 따르면 다치는 사람은 없을 것이다. 그런데 자네는 내 말을 믿어주면 다치는 사람은 없을 거라고 했단 말이지."

"보통 저 같은 요구는 안 하지 않습니까?"

"그래, 그렇지. 그래서 말인데 야구 좋아하나?"

느긋하면서도 따뜻한 목소리였다. 그의 말에 귀를 기울이다간 서서히 끓는 물 속에서 죽어가는 개구리 꼴이 될 것 같았다. 나는 당장 전화를 끊어야겠다고 생각했지만 왠지 쉽게 전화를 끊을 수가 없었다. 나의 주저함이 전해졌는지 그가 건네는 말의 온기가 더해졌다.

"혹시 이글스 팬인가? 설마 이런 짓까지 벌여가며 우태진이에게 동기부여라도 해주고 싶었던 건 아니겠지?"

나는 그만 피식 웃고 말았다.

"형사님, 생각보다 엉뚱한 분이시네요."

"내가 너무 바보 같은 생각을 했나? 그만큼 자네가 한 요구도 엉뚱했거든. 진짜로 원하는 게 뭔가? 들어줄 수 있는 거라면 들어주도록 하지."

"들어주실 수 없는 겁니다."

"조금 서운한데. 내가 생각보다 높은 사람일지도 모르잖나?"

"그래도 안 됩니다. 사람이 해줄 수 없는 일이니까요."

내 말에 그는 잠시 침묵하더니 말을 이었다.

"그럼 다시 야구 이야기나 할까? 자네가 보기에 누가 이길 것 같나?"

"누가 이길지는 모르지만 우태진은 무너질 겁니다."

나는 불치병을 선고하는 의사처럼 말했다. 그는 내가 우태진을 싫어해서 이런 말을 한다고 생각할지도 모르지만 나는 검사결과를 통보하는 것처럼 사실을 말했을 뿐이다.

베어스의 타자들이 우태진에게 막히고 있는 건 사실이다. 하지만 야구란 원래가 그렇다. 세계 최고의 타자라도 열 번의 타석 중 네 번도 성공하지 못한다. 악마가 인간보다 뛰어난 존재이듯 투수는 타자보다 유리한 위치에 서 있다. 고래처럼 거대한 타자라 해도 자신의 힘만 믿고 아무 공이나 물어대면 영리한 투수의 한 끼 식사밖에 되지 못한다.

엄마가 그랬다. 홈런 타자의 타고난 힘처럼 엄마는 아름다움이란 힘을 갖고 있었다. 173센티미터의 키에 특급 투수들의 커브처럼 아름다운 몸을 갖고 있던 엄마는 스타가 되기 위해 태어난 사람 같았다. 재능 있는 어린 선수에게 스카우트들이 달려드는 것처럼 엄마는 거리를 다니면서 연예 캐스팅 담당자들에게 명함을 받고는 했다. 엄마는 그렇게 수집한 명함을 홀더에 꽂아놓고 잘 보이는 곳에 놓아두었다. 그것이 엄마의 자랑거리였다. 엄마는 홈런처럼 화려한 인생을 꿈꿨고, 또 그럴 만한 재능이 있어 보였다. 하지만 힘만 있다고 홈런 타자가 되는 것은 아니다. 엄마에게는 좋은 타자들이 갖고 있는 두 가지 자질이 치명적으로 부족했다. 좋은 공과 나쁜 공을 구분할 줄 아는 선구안과 좋은 공을 끝까지 기다릴 줄 아는 인내심.

엄마는 뭐든 즉흥적이었고, 싫증을 잘 냈다. 게다가 눈이, 특히 남자를 보는 눈이 형편없었다. 타자의 굶주림을 먹고 사는 투수들처럼 남자들은 엄마의 허영을 이용했다. 그들이 이끌어주겠다던 성공의 지름길은 엄마의 인생을 어두운 터널로 끌고 갔다. 눈 딱 감고 이것만 해주면 빛이 보일 거라고, 스타가 될 거라고 말했던 남자들은 어둠 속에서 자신들의 욕망을 충족시킨 뒤 엄마의 손을 놓았다. 그들이 엄마에게 주어질 거라고 장담했던 배역은 다른 이에게 갔고, 어쩌다 촬영까지 진행된 작품은 편집되기 일쑤였다. 마지막이라는 생각으로 준비한 오디션에서 비중 있는 배역을 따냈지만 촬영 하루 전에 영문 모르게 하차를 당했을 때는 엄마도 크게 낙심해서 연예계를 떠날 생각까지 했다. 회사는 간신히 엄마를 달래 한 야구단의 마스코트 걸이라는 직책을 맡게 했다. 새로운 출발이란 의미로 이때 엄마는 성형수술도 감행했다. 밤에 붕대를 감고 뒤돌아 울고 있던 엄마의 모습이 아직도 기억이 난다. 그 눈물이 어떤 의미였는지는 잘 모르겠다. 마스코트 걸은 중계방송마다 영상으로 모습을 비추고, 구단의 공식행사에 참여하는 것이 주된 활동이었다. 프로야구의 인기를 생각하면 노출 빈도는 높은 편이었지만 엄마의 성에 차지 않는 자리였다. 그래도 의외로 이 시기는 평화로웠다. 탁 트인 야구장이라는 공간이 엄마에게 좋은 영향을 줬는지도 모르겠다. 엄마는 야구장에 출근하다시피 했고 마스코트 걸이라는 직책 때문이 아니라 진심을 담아 팀을 응원했다. 하지만 슬럼프에 빠진 타자가 출구를 찾지 못하고 수렁으로 빠져드는 것처럼 엄마는 다시 또 나쁜 공에 손을 댔다. 소속 구단의 한 선수와 만나기 시작한 것이다.

그는 슈퍼스타는 아니었지만 반반한 얼굴 덕분에 여성 팬들에게 인기가 높았다. 유격수였던 그는 수비를 할 때도 몸을 날리며 화려한 플레이를 즐겨 했다. 하지만 좋은 수비수는 아니었다. 그가 자주 몸을 날려야 했던 건 판단능력이 부족했기 때문이다. 좋은 수비수라면 타자의 성향을 계산해 공을 치기 전부터 최적의 수비 위치로 이동해서 어려운 타구도 쉽게 잡아낸다. 모든 타구를 평범하게 처리하는 선수야말로 가장 좋은 수비수인 것이다. 하지만 그는 생각하기를 싫어하는 타입이었고, 보이는 걸 중요하게 여기는 성격이라

쉬운 타구도 몸을 날려가며 어렵게 잡았다. 얼굴 보고 좋아하는 팬들 눈엔 최고로 보일지 몰라도 야구를 아는 사람들 눈에는 형편없는 수비수였다. 그리고 야구도, 사랑도 모르는 꼬마의 눈에도 형편없는 남자였다. 하지만 엄마는 매일 경기를 보면서도, 그토록 많은 남자를 봤으면서도, 야구도 남자도 볼 줄을 몰랐다.

기회가 없었던 것은 아니다. 악마도 완벽한 존재는 아닌 게 분명했다. 악마의 실투인지 신이 보낸 구원투수인지 엄마 인생에도 좋은 남자가 나타났던 것이다. 엄마는 그를 아무것도 모르는 바보라고 생각했지만, 그는 엄마가 어떤 사람인지를 알면서도 사랑했다. 어두운 터널을 헤매던 엄마에게 다가와 손을 내밀어주었다. 어디로 튈 줄 모르는 공 같았던 엄마를 안정되게 잡아줄 수 있는 그런 사람이었다. 하지만 너무 오래 어둠 속에만 있었기 때문일까. 엄마는 눈이 부셨는지 그 남자를 흘려보내버리고 말았다. 그리고 절대 손을 대서는 안 되는 공에 배트를 휘둘렀다. 결과는 타자와 주자가 함께 죽는 병살타였다. 엄마는 그 후로 다신 타석에 들어서지 못했고, 나는 한국을 떠나야 했다.

베어스 타자들은 좋은 선수들이다. 그들은 엄마와는 다르다. 좋은 타자들은 실패한 타석에서 깨달은 문제점들을 다음 타석에서 수정한다. 이제 겨우 한 타석이 지났을 뿐이다. 새로운 타석이 돌아오는 때부터 베어스 타자들은 반격을 시작할 것이다. 그리고 우태진에게는 그들을 막아낼 공이 없다.

10

4회 말

악마가 잘 익은 과일을 가리키며 말한다.

"저걸 먹으면 너도 신처럼 될 거야."

하지만 사람은 웃으며 말한다.

"난 신이 되고 싶지 않아. 지금도 충분한걸."

악마는 생각한다. '정말 답이 없는 인간이군.'

타순이 한 번 돌고, 1번 타자가 다시 타석에 등장했다. 그는 더 이
상 나를 얕보지 않았고, 나는 그게 고맙지 않았다. 그는 배트를 짧
게 쥐고, 내 공을 끝까지 쳐다봤다. 영웅이 되라고 준 공을 그는 전

부 흘려보냈다. 볼카운트가 몰리고, 어쩔 수 없이 스트라이크를 던지자 배트가 무서운 스피드로 돌았다. 타구는 좌중간을 가르며 뻗어나갔다. 좌익수와 중견수가 날아가는 공을 향해 동시에 달려들었지만 위치가 애매했다. 장타를 직감한 타자 주자는 거침없이 1루를 돌아 2루로 향했다. 자칫 몸을 날렸다가 공을 잡지 못하고 뒤로 빠져버리면 발이 빠른 주자가 3루까지 갈 수도 있다. 중견수는 바로 잡는 것을 포기하고 안타를 내주되 짧은 바운드로 잡아 주자가 3루로 가는 것을 막기 위한 수비를 펼쳤다. 순간적으로 내린 최선의 판단이다. 그리고 그 판단 덕분에 육상 선수 출신인 좌익수가 뒤를 생각하지 않고 마음껏 몸을 날렸다. 갑자기 나타나 공을 낚아채는 고양이처럼 펄쩍 뛰어오른 좌익수는 완벽한 안타성 타구를 잡아냈다. 멋진 플레이에 응원석에선 환성이 터져 나왔고, 이미 2루까지 도착한 주자는 허탈한 웃음을 지으며 더그아웃으로 되돌아갔다. 하지만 베어스 선수들은 아쉽게 아웃된 동료를 박수를 치며 맞이했다. 나를 공략할 수 있다는 자신감이 더그아웃에 퍼지고 있었다. 반면 나의 마음은 쪼그라들었다. 우리 팀 좌익수가 보여준 수비는 분명 대단했지만, 이런 슈퍼캐치를 몇 번이나 기대할 순 없다. 베어스의 타자들은 곰처럼 우직하게 나의 실투를 기다리다가 먹잇감이 나타나면 날카로운 발톱을 휘두를 것이다. 나는 이 영리하면서도 흉포한 곰에 맞설 무기가 없었다. 살고 싶다면 다음 타자가 타석에 들어오기 전에 도망쳐야 했다. 나는 포수를 불러냈다. 나의 생각을 알아챈 포수는 더그아웃 쪽에 사인을 보냈다. 감독이 마운드로 올라왔다.

"왜? 뭐가 문제야? 어디 아파?"

감독이 말했다.

"보면서도 몰라요? 이젠 안 통해요. 여기까지라고요. 빌딩이 무너지기 전에 대피를 해야죠. 무너지기 시작하면 그땐 늦잖아요. 안에도 이야기해주세요. 더는 못 버티니까 알아서 하라고요."

"안에가 뭐예요?"

포수가 말했다.

경찰이 온 것은 감독과 수석코치 그리고 나만 아는 사실이다.

"그런 게 있어. 너도 말 좀 해봐. 내 공을 받는 네가 제일 잘 알잖아. 아니야?"

"솔직히 선배 말이 맞긴 합니다. 한 타이밍 빨리 바꿔주는 게 좋을 것 같습니다."

좋은 포수다운 판단이다. 나도 그렇게 생각했고, 그래서 재춘의 의견을 구했지만 막상 그 말을 들으니 고개가 땅으로 떨어졌다.

은퇴하기로 결정한 지는 꽤 지났다. 이제 와서 새삼 아쉬워할 일은 아니다. 오히려 막상 은퇴를 결심하니 속이 시원하기도 했다. 더이상 부상과의 싸움을 하지 않아도 된다는 것이 마음을 편안하게했다. 하지만 야구 인생의 마지막 한 타자만큼은 제대로 상대하고싶었다. 반드시 삼진을 잡겠다거나 아웃을 시키고 말겠다는 게 아니다. 홈런을 맞더라도 나 스스로 납득할 수 있는 공을 던지고 마운드를 떠나고 싶었다.

결국은 방금 던진 그 형편없는 공이 내 야구 인생 마지막 공이 되고 말았구나. 이제 진짜 무덤에 들어가는 일만 남았구나.

임종의 순간, 무언가 말하고 싶은 듯 허공을 허우적거리던 손이 힘없이 떨어지는 것처럼 내 손에 들려 있던 공이 마운드 위로 떨어졌다. 감독이 허리를 숙여 바닥을 구르는 공을 잡고 몸을 일으켰다. 이제 감독이 불펜을 돌아보며 교체 지시를 내리고, 나는 마운드를 내려가면 된다. 그리고 감독이 새로 올라온 투수에게 공을 건네주면 경기는 재개될 것이다. 그렇게 내 야구 인생은 끝나겠지. 보통의 감독이라면 그랬을 것이다. 우리 감독이 은행에서 인질극을 벌이고 있는 놈만큼이나 정신이 나간 인간이란 걸 깜박했다. 감독은 내 손에 다시 공을 쥐여 줬다.

어리둥절해하는 나에게 감독이 말했다.

"마운드가 무덤 같냐? 그럼 죽어. 이왕 죽을 거면 확실히 죽고 여기서 다시 태어나."

"사람이 어떻게 다시 태어나요. 엄마 배 속으로 다시 들어갈까!"

"누가 과거로 돌아가라고 했냐. 지금 여기서 과거의 너를 버리고 새로운 공을 던지란 말이야."

"던질 게 있어야 던지죠. 그렇게 폼 잡고 말하면 없던 능력이 생겨요?"

"없긴 왜 없어? 너 경완이 데리고 매일 연습하던 공은 뭔데?"

나는 입을 다물었다.

경완이는 드래프트로 프로에 입단하지 못하고 연습생 신분으로 들어온 육성선수다. 박봉에 언제 잘릴지 모르는 불안한 처지지만 오로지 야구가 하고 싶어 들어온 것이니만큼 열정은 대단했다. 재춘만큼 재능이 넘치지는 않았지만 언젠가 빛을 보지 않을까 하는 생각이 들었다. 그걸 알아볼 만한 사람을 만난다면 말이다.

"경완이가 누구예요?"

재춘이 말했다.

"내후년 정도엔 네 백업이 될지도 모르는 녀석이다."

감독이 재춘에게 그렇게 말하고는 다시 나를 보며 말을 이었다.

"경완이한테 다 들었다. 그렇게 연습해놓고 한 번도 안 던져보고 내려갈 거야? 그래도 좋아?"

"실전에서는 던져본 적이 없어요."

"그럼 새로운 공을 던져보고 던지는 놈이 어딨냐? 넌 내가 왜 널 엔트리에 올렸다고 생각하냐? 예우? 미쳤나? 전쟁을 치르는데 그딴 이유로 던지지도 못할 놈한테 한자리를 줘? 난 네가 제대로 된 공을 던질 수 있다고 생각해서 널 올린 거야. 너한테 기적을 일으키라는 게 아냐. 네가 던질 수 있는 공을 던지라고 명령하는 거야. 못하겠어? 그럼 내려가."

그 투수는 내렸어야지.

누가 봐도 한계였다고.

왜 바보같이 그대로 둔 거야.

오늘 경기가 끝나면 감독은 이런 비판들에 시달릴지도 모른다.

사람들은 늘 결과만 보고 이야기한다. 아무도 내 공을 치지 못하던 시절에도 마찬가지였다. 사람들은 재능이 다르다고 쉽게 말하지만 꽃피우지 못한 재능이란 휴가철 해변에 버려진 술병만큼이나 많다.

나의 재능이 처음 발견된 곳은 밤새 쌓인 쓰레기더미들이 가득한 이른 아침의 백사장에서였다. 사업 때문에 바빴던 아버지와 처음으로 함께 떠난 가족여행의 마지막 날이었다. 아버지는 아직 꼬맹이였던 나에게 물수제비뜨기를 보여줬다. 언더핸드 투수처럼 폼을 잡고 던진 납작한 돌은 무협영화의 고수가 물 위를 걷는 것처럼 열 번가까이 수면 위를 튕기듯 날아가다 한순간 멈춰서 조용히 가라앉았다. 나는 소리를 지르며 박수를 쳤다. 아버지는 씩 웃더니 던지기 좋은 돌을 골라 나에게 건네줬다. 나는 아버지를 흉내 내며 바다를 향해 돌을 던졌다. 돌은 한 걸음도 걷지 못하고 단번에 물속으로 사라져버렸다. 실망한 나는 인상을 쓰며 뒤를 돌아봤다. 하지만 아버지는 놀란 얼굴로 내가 던진 돌이 빠진 저 먼 바닷가를 바라보고 있었다.

서울에 올라오자마자 아버지는 글러브를 사서 저녁마다 나와 함께 캐치볼을 했다. 엄마가 나를 데리고 목욕탕에 다녀오라고 아무리 잔소리를 해도 퇴근 후엔 늘 소파에만 붙어살았던 아버지였다. 나는 아버지와 공을 주고받는 것이 즐거웠다. 나는 온 힘을 다해 공을 던졌고, 그럴수록 아버지의 얼굴엔 확신에 가득 찬 미소가 떠올랐다. 결국 아버지는 자신이 어릴 때부터 살던 집을 처분하고 야구부가 있는 학교로 나를 전학시켰다. 아버지의 결단은 옳았다. 나는 야구를 시작한 지 얼마 지나지 않아 두각을 나타내기 시작했다. 아버지는 나의 경기 때마다 경기장을 찾아 나를 응원했고, 나는 아버지에게 늘 승리를 선물했다.

하지만 중학교 3학년이 되면서부터 고민이 생겼다. 꾸준히 크던 키가 성장을 멈춰버린 것이다. 아버지는 나에게 끼니마다 밥을 두 공기씩 먹게 하고, 몸에 좋다는 온갖 것을 다 구해 왔다. 그래도 키는 더 자라지 않았다. 나는 힘을 키우기 위해 아침저녁으로 웨이트 트레이닝을 했다. 그것도 모자라 공을 던질 때 온몸을 활처럼 휘어 몸을 던지다시피 했다. 전국구 스타로 떠오른 고교 때부터 내 트레이드마크였던 역동적인 투구 폼은 그렇게 완성됐다. 하지만 보기엔 좋아도 실은 몸에 부담이 많이 가는 자세였다. 결국 프로에 진출하고 세 시즌 만에 부상이 오고 말았다. 내 폼이 호쾌하다며 좋아하던 사람들은 내가 부상을 당하자 원래부터 부상의 위험이 큰 자세였다고 비판했다. 마치 처음부터 그럴 줄 알았다는 것처럼.

아버지는 낙담하는 나에게 사람들이 떠들어대는 이야기는 웃어넘기고 강해진 모습으로 돌아오자고 말했다. 하지만 재활은 험난했다. 운동의 기쁨은 어제 할 수 없었던 것을 오늘 해내는 것에서 나온다. 하지만 재활은 이전에 할 수 있었던 모든 것을 지금은 하지 못한다는 걸 확인하는 데서부터 시작된다. 157킬로미터의 강속구를 던지던 내가 수건을 잡아채는 동작조차도 쉽게 할 수 없다는 것을 받아들이기 힘들었다. 이런 시시한 운동이나 하는 동안에 온몸의 근육이 다 빠져나갈 것 같았다. 초조함과 두려움 속에서 벗어나는 길은 재활에 집중하는 것뿐이었다. 나는 부정적인 마음을 오히려 연료로 삼아 재활에 몰두했다. 그렇게 일 년을 재활에 바치고, 나는 다음 해 시즌 중반에 복귀했다. 그리고 그 시즌을 마치지 못하고 다시 부상을 당했다.

의사가 돌팔이였던 것이 아니다. 내가 재활을 게을리한 것도 아니다. 오히려 반대였다. 나는 종종 의사가 페이스를 늦추라고 할 정도로 필사적으로 재활운동을 했다. 그저 조금이라도 빨리 복귀하려는 마음뿐이었다. 그 과정에서 약간의 통증을 무시했던 것이 악랄한 사채업자가 보낸 청구서처럼 되돌아왔다.

그래도 나는 마음을 다잡았다. 한 번 해봤으니 한 번 더 못할 것도 없다고 생각했다. 하지만 총을 여러 번 맞아본다고 해서 고통의 크기가 줄어드는 것은 아니다. 이 정도로는 죽지 않는다는 사실을 알게 되었을 뿐 견뎌야 할 고통의 크기는 같다. 오히려 그 고통을 알기 때문에 더 두렵기도 하다. 신경 쓰지 않았던 사람들의 시선이 무서워졌다. 언론은 나에게 유리 몸이란 별명을 붙였고, 친구 생일 파티에 갔다 온 것만으로 연봉만 챙기며 놀러만 다니는 선수로 보도가 됐다. 아버지가 신문을 들고 찾아와 역정을 냈다. 나는 처음으로 아버지에게 화를 냈다. 다음 날 신문에는 내가 아버지에게 야구방망이를 휘둘렀다고 나왔다. 실제론 분을 이기지 못해 유리창을 깨먹었을 뿐이다.

마지막으로 다쳤을 때는 내가 생각해도 먹잇감이 되기 딱 좋은 상황이었다. 천천히, 하지만 꾸준히 재활을 해나가며 몸이 정상에 가까워졌을 무렵이었다. 이번에야말로 완벽하게 복귀해 모두의 입을 다물게 하겠다고 다짐하며 그날도 운동에 열을 올렸다. 그리고 기분 좋게 샤워를 하러 들어가다 무릎을 벽에 부딪쳤다. 나는 다리를 부여잡고 바닥을 굴렀다. 극심한 통증이 밀려왔다. 하지만 분명한 몸의 통증보다도 나를 더 괴롭게 했던 것은 두려움이었다.

설마 잘못된 건 아니겠지.

시간이 지나자 통증은 잦아들었지만 하필이면 다친 무릎을 부딪친 것이 불안했다. 긍정적으로 생각하려 애썼지만 자꾸만 불길한 생각이 들었다. 다행히 통증이 지속되지는 않아서 나는 넘어진 것을 숨기고 연습 투구에 나섰다. 그리고 마운드 위에서 공을 던지다 쓰러졌다.

나는 엉엉 울었다. 사람들이 나를 둘러쌌지만 하나도 창피하지 않았다. 억울했다. 경기 중에 다친 것도 아니고, 훈련 중에 다친 것도 아니고, 교통사고를 당한 것도 아니다. 지난번처럼 지나치게 서

둘렀던 것도 아니다. 그저 혼자 부딪혀 넘어졌다. 그것만으로 그동안의 모든 노력이 날아갔다는 사실을 받아들일 수가 없었다.

진실이 아니라 내가 듣고 싶어 하는 말을 원했던 나는 친구를 찾아갔다. 중학교 때부터 친구지만 술과 여자를 좋아해서 프로가 된 후로는 거리를 두었던 녀석이다. 친구는 자신의 방식으로 나를 위로했다. 하지만 위로가 되질 않았다. 술을 마시면 마실수록 화가 커졌다. 그때, 이글스 팬이라는 남자 손님이 방을 잘못 찾아오지만 않았다면 테이블이나 엎고 나갔을 텐데.

그가 나를 알아보고 말했다.

"구단에서 비싼 돈 들여서 치료해주니까 여기서 술이나 처마시고 있냐. 쓰레기 같은 새끼. 그러니까 네가 안 되는 거야, 인마."

피아니스트가 손을 소중히 여기는 것처럼 나는 함부로 팔을 사용하지 않았다. 아무도 믿지 않겠지만 사람에게 주먹을 휘두른 건 그때가 두 번째였다. 술에 취해 있어서 제대로 때리지도 못한 것이 그나마 다행이었다.

합의를 했지만 도저히 한국에 있을 수가 없었던 나는 재활을 핑계로 미국으로 떠났다. 하지만 그즈음엔 나도 복귀를 포기한 상태였다. 쓰레기 취급이나 당한 김에 구단 돈으로 치료나 받다가 돌아올 생각이었다. 복귀를 꿈꾸며 재활 기간 중에도 야구공을 들고 다니던 나는 쳐다보면 눈이라도 멀 것처럼 야구공을 멀리했다. 그러다 거기서 그 공을 봤다. 눈이 멀기는커녕 번쩍 뜨였다.

투수는 루크라는 내 담당 의사였다. 포수는 수학선생이었던 걸로 기억한다. 그러니까 프로들의 경기가 아니라 사회인들로 구성된 독립리그의 경기였다. 한번 봐달라고 하도 부탁을 해서 얼굴이나 비추고 올 생각으로 갔던 것인데 정작 질문을 퍼부은 것은 선수들이 아니라 나였다. 의사 가운을 입고 나를 치료하던 루크가 던진 공은 기묘한 궤적을 그리며 날아갔다. 느려터진 공이었지만 나비가 날아가는 것 같아 코스를 읽을 수가 없었다. 타자는 꿈이라도 꾸는 것처럼 흐느적거리며 헛방망이질을 했다. 수비가 끝나자 나는 당장 루크를 찾아가 어떻게 된 것이냐고 물었다. 그는 웃으며 내 손에 공을 쥐여 주었다. 그리고 아버지가 바닷가에서 내게 돌을 쥐여 주었던 것처럼 내 손가락 하나하나를 움직여 '너클볼'을 던지는 그립을 가르쳐주었다.

나는 그날을 떠올리며 감독이 내 손에 건넨 공을 꼭 쥐었다.
"한다는 걸로 알겠다."
감독은 그렇게 말하고, 양손을 주머니에 찔러 넣고는 마운드를 내려갔다.

11

5회 초

나는 의자에 앉아 손에 쥐고 있던 총으로 내 머리를 툭툭 쳤다. 내가 방아쇠를 당기면 총알이 내 머리를 관통하겠지. 앞에서 보면 총알만큼이나 작은 구멍이겠지만 뒤에서 보면 머리를 뚫고 지나간 구멍이 터널처럼 보일 것이다. 총알이 회전을 하면서 전진하기 때문에 앞보다 뒤쪽의 구멍이 큰 것이다.

총알에 비교할 정도는 아니지만 투수의 강속구에 머리를 맞으면 죽을 수도 있다. 그리고 그 위력의 비결은 역시 회전이다. 그래서 투수들은 어떻게든 공에 강하게 회전을 걸려고 노력한다.

방금 베이스의 3번 타자를 아웃시킨 우태진의 너클볼은 정반대의 방식을 취한다. 가능한 한 공의 회전을 죽여 무(無)회전에 가깝게 던져진 공은 마운드와 타석 사이를 떠다닌다. 면허를 따고 처음 도로에 나온 운전자가 모는 차처럼 천천히.

　하지만 총알택시처럼 빠른 공도 받아치는 타자들이 이 느려터진 공을 때려내지 못한다. 회전이 아니라 바람 때문이다. 마운드와 타석 사이에 흐르는 바람. 보이지도 않고, 느껴지지도 않는, 하지만 분명히 존재하는 바람. 회전하지 않는 공은 그 바람을 타고 도깨비불처럼 흔들리며 날아간다. 그래서 타자들은 너클볼을 유령이라고 부른다.

　하지만 이야기만 들어도 마구(魔球)처럼 느껴지는 이 공을 던지는 투수는 거의 없다. 야구가 시작되고 백 년이 넘은 지금까지 전 세대를 걸쳐 너클볼 투수의 숫자는 백 명이 되지 않는다. 환경파괴로 멸종위기에 처한 동물들처럼 너클볼 투수들은 지금도 전 세계에 몇 사람만이 존재한다. 강속구를 던지는 투수의 어깨처럼 너클볼을 던지기 위한 특별한 재능이 필요해서가 아니다. 너클볼은 신체 조건의 영향을 크게 받지 않는다. 회전을 주지 않기 위해 최대한 힘을 빼고, 손톱 끝으로 밀듯이 던지는 공이기 때문이다. 우태진처럼 수차례의 부상을 입은 몸으로도 던질 수 있다. 그런데도 너클볼을 보기 힘든 이유는 어떤 투수도 처음부터 이 괴상한 공을 던지고 싶어 하진 않기 때문이다.

사람은 누구나 힘을 원한다. 육체적인 힘에 관심이 없는 사람들도 자신의 몸을 통제할 정도의 힘은 필요로 한다. 병이 들어 몸이 뜻대로 움직이지 못하는 상황에 처하는 건 아무도 원치 않는다. 경제력이나 권력도 마찬가지다. 제아무리 욕심이 없어도 안정적으로 살 정도의 돈은 갖기 원하고, 대단한 야심가가 아니라도 삶의 주인은 자신이 되고 싶어 한다. 투수들도 마찬가지다. 그들이 던지는 건 그저 공이 아니다. 그들은 자신의 인생을 담아 공을 던진다. 자신이 원하는 대로 삶을 이끌어가기 위해 저마다의 방식으로 공에 회전을 건다. 메이저리그에 도전할 야망을 가진 투수는 그 꿈을 위해 스카우트 앞에서 강속구를 던지고, 그보다 못한 재능을 가진 투수는 지난달에 태어난 아기의 분유 값을 벌기 위해 타자를 속이려 안간힘을 쓴다.

너클볼을 던지기 위해선 그 모든 힘과 의지를 내려놓아야 한다. 너클볼은 나아가는 방향을 알 수가 없다. 최고의 타자라 해도 너클볼을 상대로 할 수 있는 거라곤 연습해온 대로 배트를 휘두르고 맞기를 바라는 것뿐이다. 하지만 그건 투수도 마찬가지다. 일단 공을 던진 다음엔 마운드와 타석 사이를 흐르는 바람에, 보이지도 않고, 느껴지지도 않는 그 미세한 바람에 자신의 인생을 맡겨야 한다. 이런 공에 처음부터 인생을 맡기는 선수가 있겠는가.

자신에게 인생을 열어갈 힘이 있다고 믿는 선수는 너클볼을 찾지 않는다. 그래서 너클볼은 한 번 죽은 자들의 공이다. 마운드가 무덤처럼 보이는 이들, 선수 생명이 끝났다고 평가받는 투수들, 스스로에게 더 이상 어떠한 가능성도 찾을 수 없는 선수들이 야구가 더 하고 싶어 던지는 공이 너클볼이다. 바로 우태진 같은 선수 말이다.

그런데도 나는 너클볼을 던지는 우태진의 모습이 어색했다. 말보로 광고에 나오는 카우보이가 담배 대신 사탕을 입에 물고는 '담배는 건강에 좋지 않아 끊었다네'라고 말하는 것 같았다. 내가 생각해온 우태진과는 너무 달랐다. 그게 마음에 들지 않았다.

중계카메라에 비친 베어스의 감독도 나와 같은 마음인 것 같았다. 오래된 지폐처럼 잔뜩 구겨진 얼굴에 당혹감이 가득했다. 투수와 포수가 타자를 분석하듯 타자 역시 투수를 분석하고 경기에 임하지만 너클볼이 나온 이상 데이터는 쓸모가 없다. 감독의 전략도무의미하다. 이제부턴 바람의 뜻대로 흘러갈 뿐이다. 이런 전개는베어스 타자들뿐 아니라 나에게도 계산 밖의 일이다. 하지만 상관없다. 내가 있는 곳엔 바람이 불지 않으니까.

한군데 모여 있는 인질들을 바라봤다. 총을 갖고 있다지만 나는혼자다. 한 명이 죽을 각오로 나에게 달려들면 위험할 수도 있다.나는 청원경찰부터 시작해서 남자들부터 내보내기로 결심했다. 나는 이곳을 완벽하게 통제할 것이다. 바람이 경기를 어디로 끌고 가든 결말은 바뀌지 않는다.

12

5회 말

"우태진, 또다시 너클볼로 삼진을 잡아냅니다."

이어폰을 통해서 캐스터의 목소리가 들렸다.

인질범과 통화를 할 때부터 배가 아파왔다. 5회 말까지는 버텨보려고 했지만 결국 화장실로 달려오고 말았다. 관계자용 화장실에는 비데가 설치되어 있었다. 야구만큼은 아니지만 나는 비데를 사랑한다. 일을 마치고 훈훈한 바람을 맞을 때면 몸이 떨릴 정도로 기분이 좋다. 비데를 발명한 사람에게 상을 주고 싶을 정도다.

하지만 인간이 만들어낸 바람이란 결국 유사품일 뿐이다. 제아무리 성능이 뛰어난 선풍기도 여름과 가을의 경계에서 불어오는 한줄기 시원한 바람과는 비교할 수 없다. 지금 마운드와 타석 사이에 흐르는 바람은 우태진의 편이다. 하지만 그 바람은 버튼으로 조작할 수가 없다. 타자를 아웃시킬 때마다 우태진은 짜릿함을 느낄 테지만 동시에 공을 던질 때마다 불안함이 있을 것이다. 너클볼은 사람의 뜻대로 움직여주지 않기 때문이다.

그래서 어떤 이들은 너클볼을 사기라고 한다. 심지어 야구가 아니라고 말하는 이도 있다. 투수가 전력으로 던진 공을 타자가 온 힘을 다해 받아친다. 그렇게 사람의 힘과 힘이 충돌하면서 빚어내는 드라마가 야구고, 그것은 곧 인생의 드라마다. 그런데 너클볼은 그 드라마를 한낱 바람에 맡겨버리게끔 한다. 너클볼은 야구의 가치를 훼손시키는 바보 같은 공이라는 것이 그들의 주장이다. 좋은 의미에서 그들은 야구를 사랑하는 순수주의자들이지만 나는 그 생각에 동의하지 않는다.

사기란 똥덩어리를 금이라고 속이는 것이다. 그리고 그 금을 똥을 싸는 것만큼이나 쉽게 얻을 수 있다고 유혹하는 것이다. 너클볼은 던지는 사람조차 완벽히 통제하지 못하는 느려터진 똥볼이다. 그런 공을 누구도 치지 못할 마구처럼 포장하고, 그 공을 던지기만 하면 황금빛 인생이 펼쳐질 것처럼 떠든다면, 맞다, 그건 사기다.

하지만 너클볼을 던졌던 투수들은 그렇게 이야기하지 않았다. 그들은 선수 생활 내내 너클볼을 의심했었노라 고백했다. 그들은 기존의 방식을 포기하고, 같은 팀원들에게조차 괴짜라는 시선을 받았다. 아무리 잘 던져도 감독에게 온전한 신뢰를 받지 못했다. 그들은 그런 불신에 억울해 하면서도 홈런 타자들 앞에 느려터진 공을 던져놓으며 두려움에 떨었다.

정말 이래도 되는 걸까. 이 공에 인생을 걸어도 되는 걸까.

어떤 날은 공이 춤추듯 방망이를 피해 포수 미트에 들어가고, 어떤 날은 배트에 맞아 담장 밖으로 나가는 것을 지켜보면서 그들은 새로운 삶의 방식을 배웠다. 그렇게 편견과 불신과 두려움에 맞서 싸우며 끝까지 너클볼에 대한 믿음을 지켰던 이들은 야구 역사에 이름을 남겼다. 어떤 구단에서도 자리를 잡지 못하던 R. A. 디키는 뉴욕 메츠의 에이스가 되어 최고의 투수에게 수여되는 사이영상을 수상했고, 젊은 나이에 구단에서 방출될 뻔했던 웨이크필드는 너클볼을 익히고 보스턴 레드삭스에서 리그의 최고령 투수가 되기까지 활약했다. 너클볼은 그들의 인생을 바꿨다. 그리고 오늘 우태진의 인생을 바꾸고 있다. 금덩어리로도 살 수 없는 새로운 삶을 선물해 준 공을 느려터진 똥볼이라고 몰아세우고, 그 공을 던지기 위해 견뎌야 했던 고난을 아무것도 아닌 것처럼 말하는 것이야말로 사기다.

경찰로 일하면서 수많은 사기꾼들을 만났다. 그들은 말한다. 꾼들이 마음먹고 사기를 치면 속아 넘어가지 않을 사람은 없다고. 만약 어떤 사기에도 당하지 않을 사람이 있다면 아마도 그 사람은 금을 똥으로 여기는 사람일 것이다. 금보다 더 가치 있는 것을 찾았기에 뒤도 돌아보지 않고 변기에 물을 내리듯 사기꾼들의 유혹 앞에서 돌아설 사람. 너클볼을 던진다는 건 아마도 그런 사람이 된다는 말일 것이다.

물을 내리고, 밖으로 나갔다. 세면대에 가서 손을 씻는데 소변기에서 볼일을 본 남자가 바지춤을 추스르며 다가왔다.

"김종철 경찰청장님 아니십니까?"

"날 어떻게 아십니까?"

나는 거울을 통해 그를 보며 말했다.

"변모수라고 합니다. 야구기자입니다."

그가 손을 내밀었다. 나는 손에 묻은 물을 털어내고 그와 악수를 하는 대신 옆에 있던 종이 타월을 뽑아 손을 닦았다.

"아, 제가 실례를 했네요."

변모수가 급히 물을 틀고 손을 닦는 둥 마는 둥 했다.

나는 타월을 쓰레기통에 던지며 말했다.

"나를 어찌 압니까? 변 기자님."

"김 청장님 모르면 야구기자가 아니죠. 경찰청 야구단의 '실질적인' 구단주 아니십니까. 야구애호가이신 청장님이 부임하시고 난 후에 경찰청이 상무를 끌어내리고 퓨처스리그 1위를 달리고 있는 거야 모르는 사람이 없죠. 평소에도 자주 경기장을 찾고 하신다면서요. 선수들 이름도 전부 외우신다던데."

변모수는 물이 묻은 손을 옷에 대충 문질러 닦고는 다시 손을 내밀었다.

나는 마지못해 그와 악수를 나눴다.

"기자님이 여긴 어쩐 일이십니까? 여긴 관계자들 말고는 못 들어올 텐데요. 게다가 지금은 경기 중인데 기자석에 계셔야 할 분이 어떻게 여기에."

"그건 제가 여쭈고 싶은 말씀인데요. 경찰청장님이 여긴 어쩐 일이십니까? 청장님 말씀대로 여긴 관계자들 말고는 못 들어오는 구역인데요. 게다가 경기 중이고요. 그리고 지금 큰 사건이 터지지 않았습니까? 이 근처에서 말입니다."

변모수가 엷게 웃었다. 익히 봐온 사기꾼의 미소였다. 기자가 아니란 말이 아니다. 올바른 말씀을 전하고 그대로 살지 않는다면 목사도 사기꾼이고, 법을 수호하고 시민을 보호하지 못한다면 경찰도 사기꾼이다. 사실이 아닌 것을 사실로 왜곡하고 조작하는 기자 역시 사기꾼이다.

"우태진이 기사 썼던 양반이구먼. 룸살롱, 약물, 맞지요?"

"아, 이거 영광입니다. 경찰청장님이 일개 야구기자를 다 알아주시고. 하하."

"약물 건은 성급했던 것 같네요."

"하하. 네, 그건 제가 실수를 좀 했습니다. 하지만 뭐 아시잖습니까? 경찰 일도 하다 보면 엉뚱한 사람 잡아넣을 때도 있고, 그런 거 아닙니까?"

"이만 실례하겠습니다."

나는 가볍게 고개를 숙이고 돌아섰다.

"제 질문은 아직 안 끝났는데요."

그가 뒤에서 말했다.

"뭐라고 했습니까?"

내가 돌아서자 그가 한 걸음 다가섰다.

"은행 강도 사건이 터졌는데 경찰청장이 여기서 야구나 보고 있다, 그건 말이 안 되지요. 청장님, 그런 분 아니시잖습니까. 그렇다는 건 지금 공무수행 중이시라는 거죠. 그래야 여기 계신 것이 설명이 되죠."

변모수는 범인과 처음 마주한 신참형사처럼, 자기 딴에는 박력 있는 얼굴로 말했다.

"지금 날 취조하는 겁니까?"

"에이, 취조라뇨. 취재죠. 그냥 확인 하나만 해주십시오. 제가 저 위에서 보니까 한 회가 끝날 때마다 범인이 인질을 세 명씩 내보내더군요."

잠실대로변에서 난 사건이다. 모든 방송국이 특집으로 이 사건을 다뤘다. 한국시리즈를 중계하는 채널에서도 인질이 나올 때마다 자막으로 소식을 알렸고, 경기장 전광판에 실시간으로 속보가 떴다.

"제 생각엔 그게 우연이 아닌 것 같아서요. 그런데 청장님이 여기 계신 걸 보니까 맞구나 싶은데요. 이 사건, 우태진하고 연관이 있지요? 인질범이 누굽니까? 어쩌면 제가 도움이 될지도 모르잖습니까?"

나는 눈 하나 깜짝하지 않고 범행 사실을 부인하는 범죄자처럼 미소를 지었다.

"마지막 질문에만 답을 드리죠. 기자님은 도움이 안 될 것 같으니 올라가십시오. 이건 부탁이 아닙니다."

내 대답에 변모수의 낯짝이 벌겋게 달아올랐다. 그는 잠시 나를 노려보더니 콧방귀를 뀌고 자리를 떴다.

"누굽니까? 저 사람은."

어느새 뒤에 나타난 이글스의 감독이 변모수가 사라진 쪽을 보며 말했다.

"별일 아닙니다. 똥파리가 하나 들어와서 내보냈네요. 감독님은 어쩐 일이십니까? 경기는요?"

변모수 때문에 마지막 타자와의 승부를 확인하지 못했다. 감독이 더그아웃을 떠난 걸로 보아 5회 말도 무사히 끝난 것 같았다.

"태진이가 잘 막아냈습니다. 그런데 부상자가 나와서….."

감독이 모자를 벗고 머리를 긁적였다. 감독치고 젊은 나이인데도 시즌을 치르는 동안 얼마나 마음고생이 심했는지 머리가 반백이었다.

"정환이가 파울볼을 잡다가 발을 삐었습니다. 더 뛰는 건 무리일 것 같습니다."

"김정환 선수면 좌익수죠?"

감독이 침통한 얼굴로 고개를 끄덕였다.

4회 말에 안타가 될 뻔했던 타구를 몸을 날려 멋지게 잡아낸 선수였다. 수비도 뛰어나지만 공격력도 좋은 선수다. 역시 상대 투수에게 막혀 점수를 내지 못하고 있는 이글스 입장에서는 안타까운 상황이다.

"코치들과 잠시 이야기를 해야겠습니다. 그럼 이만."

감독이 고개를 숙이고 안으로 사라지는데 나도 모르게 그를 붙잡았다.

"저기 잠시만."

"네?"

감독이 놀란 얼굴로 나를 돌아봤지만 나는 좀처럼 말을 꺼내지 못했다. 내가 하려는 건 월권행위였기 때문이다.

"하실 말씀이 있으시면 편하게 하시지요."

감독의 말에 나는 용기를 내어 조심스럽게 입을 열었다.

"도움이 될지는 모르겠지만…."

13

클리닝타임

5회 말이 끝나면 그라운드 정비를 위해 십 분간 클리닝타임을 갖는다. 공수 교대가 너무 빠른 것도 곤란하지만 경기 중 휴식 시간이 길어지면 어깨가 식어 투수에게 독이 되기도 한다. 나는 더그아웃에 돌아와 몸이 굳지 않도록 점퍼를 입고 손난로를 쥐고 있었다. 전광판에는 영(0)의 행렬이 이어졌다. 우리 팀도, 상대 팀도 한 점도 내지 못하고 있다.

반대편 더그아웃에서 훤칠한 키에 짧은 금발 머리의 백인이 일어나 몸을 풀었다. 베어스의 선발투수 애덤이다. 2미터에 가까운 키에서 내리찍듯이 던지는 직구가 일품이다. 타자들은 애덤을 상대할 때면 2층에서 공이 날아오는 것 같다며 고개를 절레절레 흔들었다.

각 팀마다 세 명씩 보유한 외국인 선수를 야구계에선 용병이라 부른다. 당장의 성적을 위해 돈을 주고 고용한 선수니 기대에 못 미치면 즉각 짐을 싸야 한다. 낯선 나라에 와서 공을 던지는 외국인 선수의 적응을 기다려주는 팀은 없다. 그나마 적응을 해서 좋은 활약을 펼쳐도 비슷한 성적의 국내 선수보다 연봉에서 손해를 봐야 했고, 시즌 후의 시상식에서도 인정을 받지 못하는 경우가 많았다. 어차피 일 년 계약으로 데려온 용병, 팀의 일원으로 인정받기는 힘들었다.

애덤은 미국에선 마이너리그를 전전하던 선수였지만 삼 년 전 한국에 성공적으로 진출해 작년에는 팀의 우승을 이끌었다. 기량도 좋았지만 성품도 훌륭해 한국 선수들도 애덤을 한국말로 '형'이라 부르며 따랐다. 언제나 본이 되는 태도에, 스캔들 따위는 근처에도 따라붙지 못할 가정적인 남자다. 그가 인기를 끌면서 그의 아내와 여섯 살짜리 아들도 구단의 마스코트 같은 존재가 되었다. 7차전은 정규리그 1위 팀인 베어스의 홈인 잠실에서 진행이 되어 경기 시작 전의 시구자도 베어스가 택했는데, 작년에 이어 올해도 애덤의 아내가 시구자로 나와 공을 던졌다. 타석에선 애덤의 아들이 키보다 조금 작은 배트를 들고 엄마의 공에 헛스윙을 했다. 그때만큼은 베어스의 팬뿐 아니라 이글스의 팬들도 환호하며 박수를 보냈다. 그

광경은 내가 오래도록 꿈꿔온 장면이었다.

한국 프로야구를 평정하고 완벽한 아내를 맞아 메이저리그로 진출, 마침내 월드시리즈에서 선발로 등판해 아내와 아이가 시구와 시타를 한다. 나는 그런 상상을 하곤 했다. 그리고 그 상상은 반드시 현실이 될 것만 같았다.

'너는 야구를 하기 위해 태어난 녀석이다.'

아버지는 그렇게 말했다.

야구 명문으로 알려진 중학교에 진학을 하고 1학년 때부터 에이스 자리를 꿰차자 아버지는 사업도 뒷전으로 미루고 본격적으로 내 뒷바라지에 나섰다.

또래들은 나의 상대가 되지 못했다. 중학교 2학년 때에 16세 이하 청소년 국가대표로 뽑혀 미국에서 열린 국제 대회에 출전했는데 미국 아이들이라 해서 다를 것도 없었다. 나는 압도적인 투구로 대회 엠브이피에 뽑혔다.

그러자 아버지는 또 말했다.

'너는 메이저리그에 가기 위해서 태어난 녀석이다.'

아버지는 그 옛날 바닷가에서 내가 던진 돌이 바다를 건너가는 꿈을 꾸기 시작했다.

나는 거부감 없이 그 말을 받아들였다. 그것이 나의 운명 같았다.

대회를 마치고 귀국하기 전날에 당시 감독님이 숙소에 친구를 데리고 오셨다. 코치 연수를 받을 시절에 만났던 미국인 친구였다. 감독님보다 머리 하나는 더 큰 흑인이었는데 손에 케이크를 들고 나타났다. 그날이 내 생일이었기 때문이다. 아이들이 나를 둘러싸고 생일축하 노래를 불러주었다.

왜 태어났니. 왜 태어났니.

흔히 부르는 생일축하 노래를 멜로디는 그대로 두고 가사만 바꾼 것이었다. 그 시절 유행하던 장난이었는데 기분이 나쁘지 않았다. 미국 국가대표로 뽑힌 아이들을 상대로 우승을 차지하고, 엠브이피에 선정된 나에겐 그 노래가 케이크 위에서 빛나는 촛불처럼 나의 미래를 밝히 보여주는 것 같았다.

나는 야구를 하기 위해서 태어났다. 메이저리그에서 뛰기 위해 태어났다.

나는 웃으며 속으로 소리쳤다.

생일축하를 마치고 감독님이 자신의 친구를 소개했다. 샘이란 이름을 가진 그는 메이저리그의 명문 뉴욕 양키스에서도 잠시 뛰었던 야구선수였다. 아이들은 '양키스'라는 말에 환성을 질렀지만 나는 '잠시'라는 말이 마음에 걸렸다. 감독님을 통해 설명을 들어보니 역시 샘은 대단한 선수는 아니었다. 그는 주로 마이너리그에서 활동했고, 가끔 메이저리그로 올라가도 패배가 확실한 게임에 등판해 경기를 마무리하는 패전 처리용 투수였다. 은퇴하고 난 후엔 야구용품점을 운영하고 있다고 했다. 감독님은 샘을 통해 우리가 야구

선수로 살아가는 데 도움이 될 이야기를 전하고 싶었던 모양이지만 나는 잘 이해가 가지 않았다. 샘은 결국 패배자일 뿐이었기 때문이다. 그는 어떠한 실적도 남기지 못했다. 상을 타지도 못했고, 이름을 남기지도 못했다. 은퇴 후에는 명예의 전당이 아니라 야구용품점에서 지내고 있었다. 그런 사람에게 무엇을 배우라는 것인지 알 수 없었다.

하지만 나는 곧 마음을 고쳐먹었다. 실패한 사람의 인생에서도 배울 만한 교훈은 있을 것이기 때문이다.

한데 모두의 앞에서 이야기를 시작한 샘의 태도가 이상했다. 그는 패배자처럼 보이질 않았다. 패전 처리 투수였던 주제에 샘은 월드시리즈를 제패한 선수처럼 미소를 띠고 말했다.

"좋은 게임이었다. 환상적이었어. 우승한 것보다 더 좋았던 건 너희들이 야구를 즐기고 있다는 거였다. 그런 마음이 보는 사람들에게도 느껴졌단다. 나는 너희들이 앞으로도 그런 태도를 잃어버리지 않았으면 한다. 야구를 사랑하는 마음 말이야. 만약 너희들이 야구에 대한 사랑을 잃어버린다면 너희들이 하는 모든 것은 아무것도 아닌 게 된다. 홈런을 쳐도, 삼진을 잡아도 의미가 없어. 무엇이 이뤄지면 행복해질 거란 거짓말에 속지 마라. 그건 거짓말이야. 나는 그런 거짓말에 속아 인생을 망친 사람을 여럿 봐왔다. 더 많은 돈을 벌기 위해, 더 큰 명예를 얻기 위해, 해서는 안 될 일들을 했던 사람들이 그보다 더 소중한 것을 잃는 모습을 내 눈으로 봤다."

샘은 말하는 중간에 가끔씩 손뼉을 치며 우리를 둘러봤다. 그의 버릇인 것 같았다.

그는 다시 한 번 손뼉을 치더니 나를 지목했다.

"오늘 생일을 맞은 친구. 그래, 거기 너 말이야. 이름이 뭐지?"

이름을 묻는 것 정도는 알아들었던 나는 영어로 내 이름을 말해주었다. 그가 '태진'이란 이름을 어눌하게 발음해보더니 어떤 뜻을 가진 이름이냐고 물었다. 이번엔 나 대신 감독님이 이야기해주었다.

샘은 설명을 듣더니 박수를 치며 말했다.

"빅 트루스(Big Truth)! 그래, 멋진 이름이구나. 생일 정말 축하한다. 너는 축복을 받은 아이야. 신의 선택을 받은 아이지."

나는 미소를 지었다. 그날, 그가 했던 말 중에 유일하게 마음에 들었던 말이었다. 하지만 이어지는 샘의 말은 끔찍했다.

"여기 있는 너희들도 다 마찬가지야. 너희들 모두 소중한 존재란다. 한 명 한 명 귀하지 않은 사람이 없어. 이것이 진리란다. 커다란 진리지. 이 진리를 놓쳐서는 안 된다. 알겠니, 빅 트루스?"

샘이 다시 나를 가리키며 말했다.

나는 고개를 저었다. 도대체 무슨 소리를 하는 건지 알 수가 없었다. 우리가 다 마찬가지라니. 이 팀의 에이스는 난데! 우승도 나 때문에 한 건데! 내가 가장 귀하고 특별한 존재지! 하지만 내 마음의 소리를 들을 리 없는 샘은 계속 웃으며 말을 이어갔다.

"남들보다 야구를 더 잘해야 성공한 인생이 되는 건 아니야. 물론 그리되면 좋겠지. 하지만 안타깝게도 대부분은 그렇게 되지 못할 거다. 솔직히 말하면 여기서 십 년 후에도 계속 야구를 할 사람은 많지 않을 거야."

그럴 것이었다. 마지막까지 살아남아 성공하는 건 나처럼 선택받은 사람뿐일 테니까. 하지만 나는 고개를 끄덕이면서도 다음에 이어질 샘의 이야기가 불안했다. 샘은 맞는 말을 하다가도 갑자기 말도 안 되는 소리를 해댔다.

"하지만 야구를 사랑할 수는 있다. 그건 어떤 상황에서도 가능해. 나는 늘 야구를 사랑했단다. 꼭 기억해라. 너희들은 최고의 야구선수가 되기 위해 태어난 것이 아니야. 너희들은 사랑하고, 사랑받기 위해 태어났단다. 마지막까지 사랑하며 살아가는 사람이 진짜 챔피언이야. 나는 너희들은 사랑한다."

나는 '거짓말'이라고 속삭였다. 샘이 사 온 케이크를 토해내고 싶었다. 나는 주변을 둘러봤다. 사기꾼의 사탕발림에 넘어간 것 같은 아이들이 보였다. 눈물을 글썽이는 녀석까지 있었다.

결국은 패배자의 변명이고 자기합리화 아닌가. 그리고 처음 본 우리를 갑자기 사랑한다니. 어떻게 그런 소리를 하는 거지.

영어를 할 줄 알았다면 그렇게 소리쳤을 것이다. 다행히도 나는 입을 다물고 그 자리를 떠났다.

벌써 이십 년도 더 지난 일이다. 그때 같은 팀으로 미국에 갔던 아이들 대부분은 야구를 관뒀다. 어린 나이에 국가대표가 되었던 친구들이지만 위로 올라갈수록 경쟁은 치열해졌고 프로에 올라가지 못한 녀석도 많았다. 프로가 되어서도 성공했다고 할 만한 사람은 별로 없다. 나는 한 사람씩 야구를 그만둘 때마다 샘의 말을 기억해냈다. 나는 그들이 그 사기꾼의 말을 들었기 때문에 실패하게 된 거라고 생각했다. 그런데 이제 내가 야구를 그만둘 때가 되었다. 누가 봐도 실패한 투수의 모습으로. 나는 그 사기꾼의 말을 믿지도 않았는데.

나는 도대체 왜 이 모양이 된 걸까. 신의 선택을 받았다던 그 아이는 대체 어디로 가버린 걸까. 샘의 말을 들으며 울먹였던 아이들은 지금은 어디서 무엇을 할까. 슈퍼마켓이라도 하고 있는 건 아닐까. 의자에 앉아 손님을 기다리면서 신문과 뉴스에 나오는 내 멍청한 모습을 보고 있지는 않을까. 그들은 행복할까.

갑자기 벌집이라도 건드린 듯 웅성거리는 소리가 들렸다. 고개를 들어보니 전광판에 속보가 떴다.

잠실 은행 인질극 현장에서 범인 총기 발포,

사상자는 확인 안 돼.

14

6회 초

어떤 선수들은 이미 겁을 집어먹은 상태로 타석에 들어선다. 자신에게 강한 투수에 대한 두려움일 수도 있고, 경기에 대한 중압감 때문일 수도 있다. 하지만 가끔은 경기장 외부의 사적인 일 때문인 경우도 있다. 이혼의 위기에 처해 있다거나, 부모님이 위독하시거나, 자녀가 아프다거나.

바깥의 일을 경기장 안으로 갖고 들어오는 것은 프로답지 못한 행동이지만 제아무리 프로라 해도 사람인지라 어쩌지 못하는 부분이 있다. 하물며 중학생에게는 거의 불가능한 일이다.

내가 아직 포수 마스크를 쓰고 있었던 시절의 이야기다. 타석에 들어선 녀석의 얼굴을 힐끔 올려다보았다. 녀석은 거의 울 것 같은 표정이었다. 경기는 아웃카운트를 하나 남기고, 우리가 넉 점 차로 리드하고 있었고, 주자는 아무도 없었다. 나는 녀석이 패배에 대한 두려움 때문에 얼어버렸다고 생각했다. 투수에게 용기 있는 타자만이 받아칠 수 있는 몸 쪽 공을 요구했다. 공은 타자의 가슴 쪽을 향해 위협적으로 날아갔다. 녀석은 피하는 것도, 받아치는 것도 아닌, 어중간하고 우스꽝스러운 모습으로 헛스윙을 하고 말았다. 그대로 경기가 끝났다고 생각한 순간, 녀석이 갑자기 배트를 들고 마운드로 뛰어올라갔다. 투수는 사색이 되어 뒷걸음질을 했고, 나는 포수 마스크를 벗어던지고 녀석을 쫓아가 뒤에서 녀석의 허리를 붙잡았다. 곧 이어 내야수들이 합세를 했는데도 녀석은 한참이나 광분을 멈추지 않았다.

하지만 녀석이 화가 난 것은 투수 때문이 아니었다. 그의 친구이자 가족이었던 개가 차에 치여 죽었기 때문이었다. 십 년 동안이나 함께했던 골든레트리버였다. 경기의 승패나 투수의 공에는 애초에 관심도 없었던 것이다. 경기가 끝나고야 알게 된 사실이었다.

5회 말이 끝나고 마지막으로 남은 남자 직원 둘과 중년의 남자 손님을 내보내려고 했다. 동료와 손님들을 두고 떠나면서도 기쁨을 숨기지 못했던 두 남자 직원과 달리 낮술을 거하게 한 것 같은 남자 손님은 자신의 몸이 종을 치는 당목이라도 되는 것처럼 뒤로 손이 묶인 상태에서 나를 향해 머리를 들이밀며 달려들었다. 가만히 있으면 곧 자유의 몸이 될 텐데도.

하지만 그의 머리는 내 몸 대신 창구데스크와 충돌하고 말았다. 술과 담배에 찌든 늙고 지친 육신이 뇌에서 명령한 목표물을 놓치고 만 것이다. 나는 포수가 글러브로 태그를 하듯 총을 그의 머리에 갖다 대었다. 방아쇠를 당기면 그의 인생은 아웃된다.

"뭐야? 당신."

내가 말했다.

그는 아무 말 없이 나를 노려봤다. 이마에선 피가 흘러내렸고, 상처 주변의 불거진 혈관이 꿈틀거렸다. 극도로 흥분된 상태였다. 나는 시종일관 냉정함을 유지하려 노력했지만 속에선 부아가 치밀어올랐다.

"당신, 이게 뭔지 몰라? 장난감으로 보여? 내가 장난하는 것 같아?"

나는 총구로 그의 이마를 누르며 말했다.

그는 지지 않고 머리로 총구를 밀어내며 일어서려 했다. 나는 망치로 못을 내리치듯 총을 든 손을 뒤로 빼었다가 중심을 잃은 그의 머리를 손잡이 부분으로 후려쳤다.

순간 '탕' 하는 소리와 함께 귀가 멍멍해졌다. 리볼버 형태의 총이라 방아쇠에 걸려 있던 손가락이 그를 때리는 순간에 격발을 하고 만 것이다. 남자는 아까보다 더 많은 피를 흘리면서도 눈이 휘둥

그레져서는 나를 향해 손을 흔들며 무슨 말인지도 모를 소리를 질렀다. 다행히도 총을 맞은 것 같지는 않았다. 나는 주변을 둘러보았다. 역시 총을 맞은 것 같은 사람은 없었다. 그저 모두들 자리에서 벌떡 일어나 놀란 눈으로 나를 보고 있었다.

전화벨이 울렸다. 대기하던 경찰이 총성에 놀라 연락을 한 것이다. 나는 그제야 정신을 차리고 수화기를 들어 상황을 설명했다. 목소리가 덜덜 떨렸다. 총을 쥔 손도, 수화기를 든 손도 마찬가지였다. 그때야 알았다. 내가 들고 있는 것이 진짜 총이란 것을. 장난감이 아니라는 것을, 그리고 내가 지금 하고 있는 일이 얼마나 미친 짓인가를.

그러자 다시 화가 나기 시작했다. 나는 아직도 피를 흘리고 있는 그에게 다가가 뒤에서 목덜미를 잡고 일으켰다. 그가 비틀거리며 일어났다.

"무슨 생각이야? 영웅이라도 되고 싶었어? 당신 목숨은 두 개야? 얌전히 나가지 나서긴 왜 쓸데없이 나서!"

그는 자기 머리 위에서 발사된 총소리에 질려버렸는지 아까와 달리 아무런 대꾸도 없이 내가 이끄는 대로 힘없이 발걸음을 옮겼다. 나는 원래 풀어주려고 했던 남자 직원 둘과 정신이 반쯤 나간 그를 정문 입구 앞에 데려다놓고 한 직원의 손을 풀어준 후 셔터를 올리게 했다.

그 사이에 옆에 있던 다른 직원이 나에게 말을 걸었다.

"아마 죽으려고 한 것 같아요."

"뭐요?"

나는 인상을 쓰며 되물었다.

"죽으려고 한 것 같다고요. 사업하는 사람인데 부도 직전이거든요. 오늘도 술 먹고 찾아와서 상환일 좀 연장해달라고 빌기도 하고, 되도 않는 협박도 하고…. 다른 사람들도 다 보는 앞에서 행패를 부리는데 그런다고 안 될 일이 되나요. 아마 본인도 알고 있었겠지요. 이제 끝이라는 걸."

흘러내리는 피를 닦지도 않고 멍하니 쪼그려 앉아 있던 그가 갑자기 울기 시작했다. 그런 그를 보며 남자 직원이 말했다.

"그래도 다행이네요."

"뭐가요?"

"아까 못 들었어요? 총이 발사되고 저 사람이 고래고래 소리쳤잖아요. 살려달라고요. 살고 싶다고요. 죽을 생각은 사라진 모양이네요."

셔터가 올라가고 그는 손이 자유로운 직원의 부축을 받아 또 다른 직원과 함께 밖으로 나갔다. 은행 앞 계단을 다 내려가자 경찰들이 나아와 그들을 맞이했다. 곧 부도를 맞이할 사업가이자 방금 총에 맞아 죽을 뻔했던 그는 이젠 안심이라는 듯 피투성이인 얼굴로 힐끗 나를 돌아봤다. 갑자기 그가 부러워졌다.

다시 은행 안으로 들어가려는데 '펑' 하고 터지는 소리가 들렸다.

나는 경찰이 기습이라도 한 줄 알고 깜짝 놀라 뒤를 돌아봤다. 하지만 경찰들 역시 내가 아닌 뒤쪽을 보고 있었다. 잠실야구장에서 축포를 쏘아 올린 것이다.

아직 경기가 끝나려면 멀었다. 하지만 뭔가 일어난 건 분명했다. 나는 은행 안으로 들어가 이어폰을 귀에 꽂고 다시 휴대폰으로 경기를 봤다.

캐스터의 함성이 귀를 찔렀다.

"홈런! 홈런입니다!"

휴대폰 화면에는 이글스의 유니폼을 입은 선수가 십 년 동안 짝사랑해온 여자에게 결혼 승낙을 받은 것 같은 얼굴로 그라운드를 돌고 있었다. 베어스의 투수 애덤이 고개를 숙였다.

"아무도 예상하지 못했던 순간에 나온 홈런이 경기의 흐름을 순식간에 바꿔놓고 있습니다!"

그의 말이 맞았다. 흐름이 변하고 있었다. 너클볼처럼 예측할 수 없는 그 흐름이 내 마음을 흔들기 시작했다.

15

6회 말

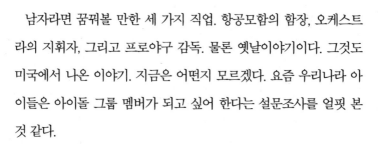

　남자라면 꿈꿔볼 만한 세 가지 직업. 항공모함의 함장, 오케스트라의 지휘자, 그리고 프로야구 감독. 물론 옛날이야기이다. 그것도 미국에서 나온 이야기. 지금은 어떤지 모르겠다. 요즘 우리나라 아이들은 아이돌 그룹 멤버가 되고 싶어 한다는 설문조사를 얼핏 본 것 같다.

　예나 지금이나 경찰청장의 순위가 높진 않을 것이다. 남자라면 경찰청장이지 하며 경찰이 되려는 사람이 있긴 할까. 나는 아니었다. 나는 공무원이 되고 싶었고, 개중에 가장 적성에 맞을 것 같아

경찰간부시험에 응시했다. 하지만 정말 하고 싶었던 건 야구였다.

야구를 하려면 집안의 뒷바라지가 필요했다. 우리 집 형편은 빠듯했고 나에겐 그 모든 지원을 열 배로 갚아주겠다고 장담할 만한 배짱도, 그 장담을 현실로 바꿔낼 실력도 없었다. 나는 배트를 들고 그라운드 대신 거리를 뛰어다니며 범죄자들을 잡았다. 불규칙한 생활에 근무 환경도 좋지 않았지만 대단한 야망이 있었던 것도 아니라 나는 하루하루 눈앞의 사건만 쫓으며 살았다. 그러던 어느 날 주변을 둘러보니 많은 것이 바뀌어 있었다.

날 아는 사람들은 말한다. 내가 청장이 될 줄은 몰랐다고. 아부 따위는 할 줄 모르는 강직한 성격이라기보다는 사람 대하는 것이 서툴렀을 뿐이고, 뇌물은 거들떠도 보지 않는 청렴한 사람이라기보다는 겁이 많았을 뿐이었다. 안정적인 삶을 살고 싶어 공무원이 된 것이니 문제가 될 만한 일은 결코 하지 않았다.

그리고 다들 알다시피 나 같은 사람은 출세와는 거리가 멀다. 그런데 재밌게도 중요한 순간마다 경쟁자라고 할 만한 사람들이 제풀에 쓰러졌다. 시작은 전임 경찰청장의 갑작스런 사임이었다. 공무를 더 이상 수행할 수 없을 정도의 지병 때문이라는 것이 이유였지만 믿는 사람은 없었다. 재임 기간 내내 국민이 아니라 자신을 청장으로 만들어준 세력을 위해 충성을 다했던 전임은 그로 인해 적잖은 문제를 일으키다 고소를 당하기에 이르렀다. 그즈음 개인적인 부정까지 폭로가 되며 그를 지켜주던 파란 우산이 슬며시 자리를 비키자 재판을 피하기 위해 병자 행세를 시작한 것이다. 부랴부랴 후임자를 찾았는데, 정치권과 얽힌 경찰 내 양대 파벌에서 각각 후보자들을 내세웠다. 한 명은 나와 동기였고, 한 명은 후배 기수였다. 둘 중 누가 되더라도 내가 청장이 될 기회가 오기는커녕 옷을 벗을 상황이었다. 하지만 둘 다 청문회를 통과하지 못했다. 서로를 견제했던 세력들이 은밀하게 언론을 통해 공격을 주고받다 양쪽 모두 내상을 입고 물러난 것이다. 신문들은 인사 참극이라는 표현을 쓰며 신이 났다. 정권의 지지율이 급락하자 후임자는 어떠한 파벌에도 속해 있지 않으며, 정치권과도 줄이 없고, 청문회에 걸릴 게 없을 만한 인물을 찾았다. 그리고 다들 알다시피 그런 사람은 거의 없다.

경찰청장 후보자로 인사청문회에 나섰을 때는 죄 지은 것도 없는데 경찰 앞에서 괜히 주눅이 든 사람처럼 잔뜩 긴장을 했지만, 내가 그날 들은 부정적인 평가라고는 '후보자님, 정말 재미없는 분이네요. 도대체 지금까지 무슨 재미로 살았어요?'뿐이었다. 음주운전과 논문표절, 위장전입 등이 온 세상에 공개되며 낙마한 후보자들과 분명히 드러난 허물에도 정치적 이유로 임명이 강행된 인사로 시끄러웠던 그해에 나의 인사청문회는 단 한 시간 만에 끝나버렸다.

조금은 허탈한 마음으로 청문회장을 나서며 나는 막내 딸아이가 해준 말을 떠올렸다. 청문회를 앞두고 심란해하는 나에게 딸아이는 오래 사귄 남자친구라도 소개하듯 자신이 좋아하는 아이돌 이야기를 해줬다. 그 아이돌이 인터뷰에서 말하기를 자신은 앞으로 대중 앞에 서는 연예인이 될 사람이었으므로 데뷔하기 전부터 흠 없이 살도록 노력했다는 것이다. 언젠가 자신에게 기회가 주어졌을 때 자신의 지난 과오가 발목을 잡지 않도록 말이다. 좋아할 만한 녀석 이라는 생각이 들었다.

화려한 범죄이력을 가진 다른 후보자들 덕분에 나의 청문회 통과 는 단신뉴스로 처리되었지만 딸아이는 누구보다 기뻐했다. 나는 경 찰청장이 된 것보다 딸아이에게 자랑스러운 아버지로 남게 되었다 는 것이 기뻤다.

딸아이 말고도 경찰청장이 되어 기뻤던 이유가 하나 더 있다. 경 찰 야구단 때문이었다. 프로야구 선수들의 병역 문제를 위해서 경찰 청에서 경찰 야구단을 운영하며 프로야구 2군들과 리그를 치렀는데 이름은 퓨처스리그라고 했다. 그리고 경찰 야구단은 국군 상무 야 구단과 함께 퓨처스리그의 대표적인 강팀이었다. 경찰 야구단의 구 단주는 서울지방경찰청장이 겸직하게 되어 있지만 사실상 이름을 걸어놓는 수준이다. 본연의 업무가 있는데 구단의 일까지 세심하게 챙길 만큼 야구에 애정이 있는 인물은 많지 않았다. 상급자인 내가 구단주 노릇을 한다고 해서 기분 나빠 할 상황은 아니란 말이다.

실제로 나는 매 경기 결과를 보고받았고, 선수들 자료까지 받아 머릿속에 넣어두었다. 솔직히 말하면 나는 팀의 운영에 참여하고 싶었다.

6회 초에 프로 데뷔 첫 홈런을 치고, 지금은 좌익수 자리에 나가 상기된 얼굴로 수비를 하고 있는 녀석의 이름도 그 자료들 속에서 처음 봤다.

박종호, 우투우타, 178센티미터, 78킬로그램, 대학에 특례 입학했으나 어려운 가정형편으로 중퇴 후 프로 입단, 경찰 야구단에 입단하기까지 변변한 기록은 없다.

야구선수들의 삶은 숫자로 기록된다. 투수는 승수와 방어율로, 타자는 타율과 출루율, 장타율로. 그래서 어떤 감독은 비난은 잠시지만 기록은 영원하다는 말을 남기기도 했다. 어떻게든 숫자를 남기는 쪽이 승자란 말이다. 하지만 기록이란 숫자로만 남지는 않는다.

173에 35-24-36이란 숫자는 그 숫자의 소유자가 완벽한 굴곡을 가진 여성이란 것을 가르쳐주지만 그녀가 빅토리아 시크릿의 모델인지 남의 가정을 파탄 낸 꽃뱀인지는 말해주지 않는다. 박종호가 갖고 있는 숫자들은 그가 아직은 부족한 야구선수란 것을 말해주었지만 실제로 만나본 박종호는 그 숫자로 설명되지 않는 선수였다.

라이벌인 상무 야구단을 꺾고 퓨처스리그 우승을 결정지은 날이었다. 내가 직접 회식자리에서 선수들의 잔에 술을 따라주었다. 평소에 술을 즐기지 않는 선수들도 그날만은 술을 받았다. 하지만 두 명은 끝끝내 술을 입에 대지 않았다. 한 명은 기독교인이란 이유였다. '나는 장로다, 인마' 하고 싶었지만 아내의 얼굴이 생각나서 관두었다. 그 자리에 교회를 다니는 녀석들이 더 있었을 텐데 혼자서라도 지킬 것은 지키겠다고 하는 태도가 좋아 보이기도 했다. 하지만 다음에 술을 거부한 녀석에게는 화가 났다. 박종호였다. 그는 술을 마시지 않겠다고 말했다. 한 잔이면 된다고 웃으며 이야기하는데도 감히 '실질적' 구단주의 명령을 거역하는 녀석이 마음에 들지 않았다.

"야구도 못하는 새끼가 유난을 떨어!"

나는 술잔을 집어던지며 소리를 질렀다.

자리라는 게 참 무섭다. 내 입에서 그 따위 말이 나갈 줄이야.

모두가 숨을 죽인 가운데 박종호가 자리에서 일어나 고개를 숙이며 말했다.

"죄송합니다, 청장님. 청장님 말씀이 맞습니다. 저는 야구를 못합니다. 하지만 야구를 좋아합니다. 좋아하는 야구, 오래 하고 싶습니다. 그래서 야구에 방해가 되는 일은 어떤 것도 하지 않겠다고 다짐했습니다. 도와주십시오, 청장님."

나는 한동안 말없이 있다가 도망치듯 나와버렸다.

그 후로 마음이 계속 불편했지만 사과할 기회를 잡지 못했고, 박종호는 소집이 해제되어 친정 팀인 이글스로 복귀했다. 그는 프로에 돌아가서도 선발로는 뛰지 못했다. 티브이를 통해 대타나 대수비, 대주자로 나서는 모습이 이따금 보일 뿐이었다. 하지만 그는 언제 어떤 자리에 나서든 그 순간이 한국시리즈 마지막 경기인 것처럼 필사적으로 뛰었다.

이글스의 대기실에 와서 나는 다시 박종호를 봤다. 그는 엔트리에 들어가 있었지만 역시 후보 선수였다. 하지만 그는 배트를 놓지 않았다. 쉬는 시간마다 배트를 휘두르며 그가 좋아하는 야구를 할 수 있는 기회를 기다리고 있었다.

좌익수가 부상을 당했다고 했을 때, 박종호가 떠올랐다. 그는 외야 수비가 가능한 선수였다. 타격은 재능에 좌우되지만 수비는 노력으로 발전할 수 있는 부분이다. 그리고 박종호는 노력이라면 누구에게도 지지 않았다.

하지만 그를 기용하는 건 감독의 권한이다. 그걸 알고 있으면서도 나는 녀석을 쓰면 어떻겠냐고 물었다.

"아, 종호가 경찰청 출신이었죠. 근데 청장님 말씀을 듣는 것이 아니라 원래부터 저도 종호를 쓸 생각이었습니다. 내보내지 말라고 하셔도 종호가 우리 팀에서 가장 믿을 만한 백업 요원인걸요."

감독이 웃으며 말했다.

나는 대기실로 돌아와 박종호의 타석을 지켜봤다. 투수는 시작하자마자 박종호의 머리를 향해 강속구를 던졌다. 박종호는 공을 피하려다 바닥에 쓰러졌다. 경험이 많지 않은 젊은 타자에게 위협구로 두려움을 심고, 겁을 먹은 타자가 물러서면 바깥쪽 공으로 삼진을 잡는다. 상투적이지만 효과적인 수법이었다. 하지만 박종호에게는 통하지 않았다. 흙먼지를 털며 일어선 박종호는 헬멧을 고쳐 쓰고, 배팅박스 안쪽으로 다가섰다. 그는 숫자로는 표현되지 않는 용기를 가진 선수였다.

나는 겁낼 것을 겁낼 줄 알았다. 넘지 말아야 할 경계를 알고, 그 경계를 지켰다. 내가 경찰청장 자리까지 오른 이유다. 그리고 그건 좋은 타자들이 갖고 있는 자질이기도 하다. 하지만 나는 겁내지 말아야 할 것도 겁냈다.

투수들은 타자들의 욕망뿐 아니라 두려움도 이용한다. 넘어서는 안 될 경계는 범하게 하고, 뛰어넘어야 할 한계 앞에선 주저앉게 한다. 타자는 자신의 욕망뿐 아니라 두려움과도 싸워야 한다.

나는 내가 프로야구 선수로 살아가기엔 부족하다고 생각했다. 하지만 십이만 명이나 되는 경찰 조직의 정점에 서는 것과 프로야구 선수가 되는 것, 어느 쪽이 더 어려울까. 경기장에서 뛰는 양 팀의 선수들은 투수와 타자를 합쳐 스무 명이다. 그리고 대한민국의 경찰청장 자리에 올랐던 사람은 역사를 통틀어 스무 명뿐이다.

많은 이들이 이렇게 말할 것이다.

그러니 잘된 것 아닌가. 야구를 했으면 어쩔 뻔했나.

그들에게 아까 홈런을 치고 그라운드를 돌던 박종호의 얼굴이 어떻게 보였느냐고 묻고 싶다. 하지만 소용없을 것이다. 숫자로 사람을 평가하는 사람들에게 박종호가 가진 숫자들은 보잘것없어 보일 테니까.

전광판에 박종호가 친 홈런을 가리키는 '1'이란 숫자가 반짝였다. 그리고 그 아래에 새로운 숫자 '0'이 들어왔다. 우태진이 6회 말도 너클볼로 세 타자를 아웃시키고 마운드를 내려갔다.

남은 인질의 숫자는 아홉이다.

16
7회 초

남은 인질의 대부분은 여자다. 그리고 군인이나 경찰이 아닌 대부분의 여자들에게 총성이란 용의 날갯짓처럼 티브이 속에서나 들어볼 수 있는 소리다. 불을 내뿜는 용이 정말 눈앞에 나타난다면 또 어떤 반응을 보일지 모르겠지만, 진짜 총알이 발사되고 피를 철철 흘리는 사람이 쓰러지는 모습을 본 사람들은 패닉에 빠졌다. 그리고 그건 나도 마찬가지였다.

인질이 다치는 건 계획에 없었다. 원래 계획대로라면 벌써 상황이 종료됐어야 했다. 하지만 바람 때문에 모든 것이 엉켜버렸다. 내가 정해놓은 룰에 내가 묶여버린 셈이다. 물론 지금이라도 새로운 룰을 제시하면 됐다. 여전히 총자루를 쥔 것은 나니까. 하지만 타이밍이 애매했다. 빌어먹을 수요일. 인생의 시작이 애매했기에 끝도 애매한 것인가. 갑자기 피로가 몰려왔다. 셔터가 열리고 누군가 들어와 이렇게 말해주길 바랐다.

괜찮아. 네 잘못이 아니야.

하지만 남자가 쓰러져 있던 바닥에 선명하게 남은 핏자국은 내가 딛고 서 있는 공간이 드라마 세트장이 아닌 현실임을 분명하게 보여주었다. 셔터가 열리고 누군가 들어온다면 그건 방송국의 카메라맨이 아닌 경찰일 것이고, 그들은 진짜 총으로 나를 겨눌 것이다. 나는 핏자국 위에 침을 뱉고, 발로 담배를 끄듯 비벼댔다. 하지만 핏자국은 지워지지 않았다.

그때, 그가 말을 걸어주지 않았다면 나는 울음을 터뜨렸을지도 모른다.

"티브이를 좀 틀어주면 안 될까?"

핏자국에 시선을 고정하고 미친놈처럼 발로 바닥을 비벼대고 있던 나는 그제야 고개를 들었다.

할머니와 함께 은행에 온 할아버지였다. 다른 인질보다 먼저 내보내려고 했는데 노부부는 청년들부터 보내달라며 굳이 은행에 남았다.

"내 생각엔 그게 도움이 될 것 같은데. 자네한테도, 우리한테도."

머리는 백발이지만 곧은 자세에 군살이라고는 찾아보기 힘든 할아버지가 침착하게 말했다.

나는 잠시 멍하니 있다가, 한쪽 벽면에 걸려 있는 티브이를 가리키며 여직원들에게 말했다.

"이거 일반방송도 나오나요?"

어쩔 줄 모르는 여직원들 사이에서 정하니가 말없이 일어났다. 나는 그녀에게 다가가 손을 묶고 있던 줄을 풀어줬다. 그녀는 바로 티브이로 가서 전원을 켜고 채널을 돌렸다. 야구중계를 하는 채널만 빼고 모든 공중파 채널은 바로 이곳의 이야기, 잠실대로변에서 터진 은행 강도 인질극을 다루고 있었다.

"야구가 좋겠어요."

내가 말하자 정하니는 티브이를 스포츠 채널에 맞추고 조용히 자리로 돌아왔다. 왜인지 모르지만 유혈사태가 있고 난 후 나를 향한 그녀의 분노는 조금 수그러든 것 같았다.

경기는 이글스의 공격이 진행 중이었지만 중계카메라는 틈만 나면 더그아웃에서 쉬고 있는 우태진의 모습을 비췄다. 우태진은 6회까지 단 한 개의 안타도 맞지 않았고, 팀이 선취점을 따내 승리 투수의 요건을 갖춘 상황이었다. 캐스터와 해설가는 퍼펙트게임의 가능성을 이야기하기 시작했다.

경기 상황은 마음에 들지 않았지만 티브이를 켠 것은 잘한 일이었다. 한국시리즈가 평범한 게임은 아니지만 생과 사가 오가는 이곳에 비하면 그곳에 흐르는 긴장감이란 살아 있다는 것을 만끽할 수 있는 수준이었다. 그 건강한 긴장감이 티브이를 통해 은행으로 전해지며 이 공간을 꽉 채우고 있던 '누군가 죽을지도 모른다'는 긴장감을 중화시켜주었다. 사람들은 원래부터 야구 마니아였던 것처럼 티브이에 빠져들었다. 그것만이 잠시나마 두려움에서 벗어날 수 있는 방법일 테니까. 저들에게 은행은 끔찍한 기억으로 남겠지.

나는 미안했다.

마지막으로 엄마와 은행에 다녀온 날, 엄마는 집에 오자마자 누군가와 통화를 하더니 여행 가방에 짐을 쌌다. 그리고 다음 날, 나를 데리고 놀이공원에 갔다. 나는 그날 처음으로 엄마와 풍선을 들고 아이스크림을 먹으며 걸었다. 같이 회전목마를 타기도 했다. 그리고 놀이공원 사격장에 멈춰 섰다. 비비탄 총으로 인형을 맞히는 곳이었다. 엄마는 주머니에 있는 지폐와 잔돈을 탈탈 털어 나에게 주었다. 그리고 곧 돌아오겠다며 자기가 원하는 인형을 맞춰달라는 말을 남기고 사라졌다. 나는 열심히 총을 쐈지만 여섯 살 꼬마가 맞히기에는 어려웠다. 돈이 줄어들고, 시간은 흘렀지만 엄마는 오지 않았다. 엄마가 두려움에서 벗어나기 위해 선택한 방법은 야구 관람이 아니라 나를 버리고 사라지는 것이었다.

헤어지기 전 눈물이 맺힌 눈으로 웃고 있는 엄마를 보고 나에게 닥칠 일을 조금은 짐작했었다. 엄마와 지내면서 쓸데없이 눈치만 빨라진 탓이다. 하지만 나는 잡을 수가 없었다. 엄마는 내 인생은커녕 자기 인생도 보살필 수 없는 사람이었으니까.

나는 어두워질 때까지 있다가 남은 돈으로 집을 찾아갔다. 그리고 무인도에 표류라도 한 것처럼 조금씩 먹을 것을 사 천천히 나눠 먹었다. 마침내 먹거리가 다 떨어진 후에는 수돗물을 마시고 누워 있었다. 밀린 월세 때문에 주인아주머니가 내려왔던 이틀 후까지 나는 그렇게 살아남았다.

상황을 파악한 아주머니는 나를 데리고 3층의 주인집으로 올라가 죽을 끓여 줬다. 엄마는 걸핏하면 아주머니를 욕했지만 아주머니는 좋은 사람이었다. 엄마는 좋은 사람들을 싫어하고, 나쁜 사람들과만 어울렸다. 늘 운이 없었다고 탄식했지만 실은 언제나 나쁜 공에만 배트를 휘두르는 어리석은 타자였을 뿐이다.

그런 타자들은 항상 이렇게 말한다.

아, 이번에야말로 분명 홈런이 될 공이었는데. 내가 늘 이렇지. 다 얼어 죽을 바람 때문이야.

나는 시설로 가게 되었다. 아주머니는 내가 떠나기 전까지 나를 잘 보살펴줬다. 헤어질 때는 눈물을 글썽이며 나를 배웅했는데, 그 눈물이 금방 마르고 사라질 것이라 해도 그 순간만큼은 진심이라고 느껴졌다.

시설에서 만난 담당 복지사도 좋은 사람이었다. 그는 나를 업무의 하나로 보지 않고, 한 명의 사람으로 여겼다. 내가 같은 일을 하게 되고 나서야 사람을 돕는 일을 한다면서도 사람을 사람으로 보지 못하는 사람이 얼마나 많은지 알게 되었는데, 그럴 때마다 그가 생각나곤 했다. 내가 좋은 양부모를 만나게 된 것은 그의 덕분이다.

양부모가 나를 데리러 오기 전날에 나는 그와 함께 목욕탕에 갔다.

"미국에 가면 이런 건 하기 힘들 거야."

그는 뜨거운 탕 속에서 꼼지락거리는 나를 보며 웃었다.

토요일이라 아버지와 함께 온 내 또래의 아이들이 여럿 보였다. 탕에서 몸을 불린 후 그가 나의 등을 밀어주었다. 때가 많이 나와 부끄러웠다.

공항에서 헤어질 때, 그는 웃으며 손을 흔들었다. 나는 그가 눈물을 보이지 않은 것이 서운해서 조금 울었다. 우태진이 이글스의 우승을 마운드 위에서 확정지으며 기쁨의 눈물을 흘리던 그날, 나는 울며 미국으로 떠났다.

그의 말대로 미국에선 목욕탕을 보기가 힘들었다. 하지만 집에 있는 욕실만으로도 충분했다. 언제든 뜨거운 물이 나왔고, 욕조는 널찍했다. 처음으로 생긴 내 방은 엄마와 함께 쓰던 방보다도 넓었다. 하지만 이 모든 환경보다 좋았던 건 빌리와 헬렌이었다.

나의 부모라고 하기엔 빌리와 헬렌은 나이가 많았다. 빌리는 한국 나이로는 환갑이었고, 헬렌은 그보다 여섯 살 아래였다. 두 사람의 친딸은 결혼해서 가정을 꾸린 상태였다. 나이가 차서 학교에 입학하자 몹쓸 녀석들이 빌리와 헬렌의 나이를 갖고 나를 놀려먹었다. 나이 든 부부가 외로움을 달래려고 이국에서 데려온 애완동물이라는 거였다. 나는 싸웠다. 처음엔 맞고 들어왔지만 나중엔 이길 때가 많았다. 학년이 올라갈 때마다 나의 키와 덩치가 하루가 다르게 커갔기 때문이다. 좋은 유전자를 물려준 엄마와 누군지 모르는 아버지에게 감사한 순간이었다. 덕분에 빌리와 헬렌을 모욕하는 놈들을 때려줄 수 있었으니까. 내 양부모라서가 아니라 빌리와 헬렌은 누구에게도 손가락질 받아서는 안 되는 사람이었다.

두 사람은 동료 교사로 만나 부부가 되었다. 수많은 부부들이 성격 차이라는 이유로 헤어지지만 둘은 상반된 성격을 가졌음에도 늘 대화가 끊이지 않았다. 생각이 통했기 때문이다. 빌리와 헬렌은 교과서 안의 지식뿐 아니라, 자신들이 생각하는 변치 않는 가치를 아이들에게 전하려고 애썼다.

그들이 믿었던 건 사랑이었다. 빌리와 헬렌은 슈퍼히어로가 아닌 사랑이 우리를 구원해줄 것이라 믿었다. 나를 포함한 수많은 이들이 그런 빌리와 헬렌을 좋아했지만, 탐탁잖게 생각하는 이들도 많았다. 그들은 빌리와 헬렌이 너무 무르다거나, 현실감이 없다고 생각했다. 심지어 미련하고 어리석다고 욕하는 사람도 있었다. 실은 비난하는 이들의 주장이 더 그럴듯했다. 매일 뉴스를 통해 전해지는 소식만 봐도 사랑이 우리를 구원해줄 거란 말은 캡틴아메리카가 세상을 구할 것이라는 말만큼이나 허망하게 느껴졌다. 지구를 구하는 슈퍼히어로도 스크린을 벗어나면 그저 한 명의 배우일 뿐인 것

처럼 동화 속에선 죽은 사람도 살려내는 사랑의 힘도 현실 세계에
선 아무런 소용이 없는 것 같았다.

폭탄이 터지고, 배가 가라앉고, 비행기가 떨어졌다. 죄 없는 사람
들이 죽어나갔고, 죄 있는 사람들은 빠져나갔다. 지친 어른들이 스
스로 목숨을 끊었고, 버림받은 아이들은 총을 들었다. 사람들은 실
패를 거듭하며 더 큰 실패를 향해 나아갔다. 이제는 선으로 악을 이
긴다는 말은 영화 속에서조차 공감받지 못할 지경이었다. 세상은
악으로 가득해 어두워만 보였고, 그런 악과 싸워 이기려면 그 어둠
속에 들어가 그들의 방식을 익히는 수밖에 없는 것 같았다. 그럴수
록 세상의 어둠은 더 짙어만 갔다.

하지만 빌리와 헬렌은 우리와 같은 뉴스를 보면서도 믿음을 굽히
지 않았다. 두 사람은 자주 말했다.

"분명 뉴스가 보여주는 세상은 악해. 가망이 없어 보일 정도야.
나아질 거란 기대조차 하기 어렵지. 하지만 그게 세상의 전부는 아
니야. 착한 행실은 좀처럼 화제가 되지 않는 법이란다. 뉴스가 보여
주지 않는 곳에서, 아무런 이름도 없이, 이 세상을 지배하는 방식에
따르지 않고 살아가는 사람들이 있어. 자신들이 있는 곳에서 어둠
을 걷어내는 사람들. 세상은 그런 사람들로 인해 변화된단다."

그들은 아이들에게 어둠은 그저 빛이 없는 상태라고 가르쳤다.
어둠이 몰려온 것이 아니라 우리가 빛을 잃었기 때문일 뿐이라고.
우리가 배워야 할 것은 어둠 속에서 싸우는 법이 아니라 빛을 되찾

는 것이고 그러면 자연히 어둠은 물러간다고.

빌리와 헬렌은 말로만 떠드는 것이 아니라 세상에서 빛으로 살아가는 방법을 삶으로 보여주려고 했다. 사랑이 얼마나 위대하고 놀라운 것인지 그들의 삶을 연구실로 삼아 증명해 보이려 한 것이다. 그리고 마땅히 받아야 할 사랑을 받지 못하고 차갑고 어두운 세상에 내동댕이쳐진 나는 그 실험에 가장 적합한 생명체였다. 두 사람은 나에게 독한 화학약물 대신 순전한 사랑을 주었다. 하지만 모든 위대한 실험이 그렇듯 처음부터 바라는 결과가 나오진 않았다.

내가 태어나고 자라난 세계에서 아버지란 실체가 없는 사전 속의 단어일 뿐이었고, 엄마는 실체였으나 일반적으로 정의되는 엄마라는 단어와는 다른 존재였다. 내게 사랑이란 실체가 없고, 정의도 분명하지 않은 단어였다.

내 한국 이름은 엄마가 지어주었다. 성은 누군지 모르는 아버지의 것을 따랐다. 하지만 엄마가 나를 이름으로 부르는 경우는 거의 없었다. 엄마가 만난 사랑 없는 남자들도 마찬가지였다.

'야', '꼬마', '새끼', '인마'와 같은 짧은 말 앞에 '내 인생을 망치게 한', '방해가 되는', '눈에 거슬리는', '짜증나는' 같은 말들이 붙었다. 하지만 가장 인상적이었던 표현은 '복권'이었다. 이부자리에 누워 엄마와 친구가 술을 먹으며 나를 복권이라 부르던 말을 들었다. 그전에 들었던 어떤 말보다도 좋은 느낌이어서 나는 그 말을 기억해두었다가 엄마가 기분이 좋아지는 날, 그러니까 은행에 가던 날에 물어보았다.

엄마는 조금 당황하더니 이내 웃으며 말했다.

"안 자고 있었어? 음흉하긴…. 복권이란 건 그러니까 예기치 않은 행운을, 아니 '복'권이니까 행운보다는 축복이란 말이 낫겠다. 잘만 되면 예기치 않은 축복을 가져다줄 수도 있는 그런 거야."

나는 엄마의 설명을 듣고 웃었다. 엄마와 지낸 날 중에 가장 좋았던 기억이었다. '복권'이란 말의 진짜 의미는 나중에야 알게 되었다.

빌리와 헬렌은 내게 '라이언'이라는 새로운 이름을 지어주고 나를 복권이라 부르는 대신 늘 축복하는 말을 해주었다. 그들은 내가 얼마나 귀한 사람인지를 이야기해주었고, 실제로도 나를 소중히 대했다. 빌리와 헬렌은 나를 낳지 않았다는 것만 빼고는 부모라는 단어의 정의에 완벽하게 부합하는 사람들이었고, 그들의 사랑은 실체가 분명했다. 하지만 나는 사랑을 받아들이는 법을 몰랐다. 부모가 생겼는데도 난 고아처럼 눈치를 보며 두려워했다.

미국에 간 지 석 달이 지났을 무렵에 헬렌과 함께 은행에 갔다. 엄마가 사라진 후로 처음 간 은행이었다. 헬렌은 나를 소파에 앉히고 창구에 가서 일을 봤다. 잠시 후에 내 옆에 앉은 손님들이 비명을 질렀다. 내가 앉은 자리에서 오줌을 쌌기 때문이다.

상황을 파악한 헬렌이 급히 나에게 돌아왔다. 그리고 나를 안아주며 말했다.

괜찮아. 네 잘못이 아니야. 사랑한다, 라이언.

아마 그런 말들이었을 것이다.

더러운 나를 끌어안은 헬렌의 품에서 나는 참고 있던 울음을 터뜨렸다. 부끄러운 기억이지만 나쁘지는 않았다. 헬렌은 내게 새 옷을 사 입히고 집에 돌아와 빌리와 이야기를 나눴다. 나는 알아듣지도 못하는 말을 엿들으며 눈치를 봤다.

그다음 주말에 빌리가 나를 데리고 야구장에 갔다. 한국의 아버지들이 아들과 친해지는 장소가 목욕탕이라면 미국은 야구장이 그 역할을 한다. 아버지가 아들을 데리고 야구장에 가고, 그 아들이 장성해 자신의 아이와 함께 아버지와 갔던 야구장에 간다. 그렇게 추억은 세대를 넘어 이어진다. 때수건 대신 야구 글러브를 끼고서.

빌리는 막상 경기가 시작되자 나에겐 신경을 쓰지 않았다. 나는 그게 서운하지 않았다. 나도 그랬기 때문이다.

경기는 9회 초 투아웃까지도 승패를 알 수 없는 명승부였다. 홈 팀이 한 점 앞선 상황이었지만 원정 팀 주자가 2루에 나가 있었다. 장타 한 방이면 동점이었다. 모두가 숨을 죽인 상황에서 타자가 휘두른 배트에 공이 맞아 나갔고, 그와 동시에 스타트를 끊은 2루 주자는 순식간에 3루를 지나 홈으로 돌진했다. 중견수가 자신의 앞에 떨어진 타구를 잡고 달려오던 관성을 이용해 그대로 홈으로 던졌다. 그 공은 홈을 지키고 있는 포수에게 정확히 연결되었다. 주자는 막 문이 닫히는 지하철에 탑승하는 것처럼 홈으로 뛰어 들어오며 몸을 날렸다.

공을 잡은 포수가 고개를 돌리자 거대한 덩치의 주자는 이미 코앞까지 다가왔다. 같은 레일 위의 열차가 부딪히듯 포수와 주자가 충돌하며 쓰러졌다. 정적이 흐르고, 포수가 쓰러진 상태에서 글러브를 낀 손을 들자 심판이 아웃을 선언했다. 공은 글러브 안에 들어 있었다. 나는 벌떡 일어나 소리를 질렀지만 내 목소리는 들리지 않았다. 수만 명의 관중이 함께 일어나 소리쳤기 때문이다. 그 진동에 땅이 울리고, 그 울림이 내 온몸을 훑고 지나갔다. 전율이란 말이 무엇을 말하는지 그때 처음 알았다. 떨리는 가슴에 어쩔 줄 몰라 하는 나의 손을 빌리가 잡아주었다. 우리는 서로를 바라보며 웃었다.

빌리는 그 후로 목욕탕엘 가듯 나를 데리고 야구장에 갔다. 그리고 쉬는 날이면 나와 함께 캐치볼을 했다. 빌리는 자신이 포수 역할을 하려고 했지만 나는 글러브를 바꿔 내가 포수를 하겠다고 했다. 나는 헬렌이 보는 앞에서 빌리가 던지는 공을 받으며 두 사람의 사랑을 받아들이는 법을 배워나갔다. 그리고 더 자주 웃게 되었다.

"아우, 어떡해!"

여직원들의 호들갑스런 소리가 옛 생각에 빠져 있던 나를 현실로 다시 불러들였다.

티브이에선 베어스의 선발투수 애덤이 모자를 벗어 고개를 숙였다. 타자의 등을 맞춘 것이었다. 한 점 뒤지고 있는 상황에서 타자를 고의로 맞출 투수는 없다. 그걸 알기에 타자도 별다르게 화를 내지 않고 1루로 걸어갔다. 하지만 애덤은 여기까지인 것 같았다. 역시 베어스의 감독이 올라와 애덤을 교체했다. 다음 투수가 마운드에서 몸을 푸는 동안 잠깐의 휴식 시간이 주어지고 티브이에선 광고가 이어졌다.

할아버지가 다가와 말했다.

"잠깐 화장실 좀 다녀오면 안 될까?"

"죄송하지만 은행 안에는 화장실이 없습니다."

"지점장실에 화분 같은 거 있어요. 거름 준다고 생각하면 되죠."

내 말이 끝나기 무섭게 정하니가 끼어들었다.

이제 막 저녁 여덟 시가 넘었다. 야구는 평균적으로 세 시간이 넘게 걸리지만 양 팀의 타자들이 우태진과 애덤을 공략하지 못하면서 경기가 빠르게 진행됐다. 오늘 경기는 영화 한 편 보는 정도의 시간이면 끝날 것 같았다. 한 명이 가게 되면 연달아 나설 수가 있으니 가능한 한 참아주길 바랐지만 할아버지의 부탁을 거절하긴 어려웠다. 나는 정하니의 말을 따라 할아버지를 데리고 지점장실로 갔다.

바깥을 볼 수 있게 문을 열어두고, 할아버지는 지점장실 안쪽 화분에 볼일을 보게 했다. 나는 소변이 화분에 떨어지는 소리를 들으며 바깥을 살폈다. 모두들 얌전히 티브이 앞에 앉아 있었다.

"고맙네."

나는 할아버지의 말에 고개를 돌렸다.

"네?"

"내 말을 들어줘서 말이야. 티브이도 그렇고, 지금도 그렇고."

"아닙니다."

나는 다시 바깥으로 시선을 돌리며 말했다.

할아버지가 옷을 주섬주섬 챙기더니 내게로 와서 몸을 돌려 양손을 뒤로 내밀었다. 손바닥이 엉망이었다. 매일 수백 번씩 배트를 휘둘러온 베테랑 타자의 손처럼 군데군데 물집이 잡혀 있고, 굳은살이 가득했다.

"무슨 일을 하십니까?"

나는 할아버지의 손을 묶으며 말했다.

"글쎄, 딱히 정해진 것은 없고, 할 수 있는 일이라면 다 하려고 하지."

"자녀분들은요?"

"다들 열심히 살고 있지."

"오늘은 무슨 일로 오셨습니까?"

"궁금한 게 많은 친구구먼. 자네는 어떤 일로 왔나?"

"네?"

"총을 들고 은행에 쳐들어오긴 했지만 아무리 봐도 강도는 아니라 말이야. 대체 왜 이러는 건가?"

나는 할아버지의 눈을 바라보았다. 눈가에 주름만 가득할 뿐 나에 대한 두려움은 찾아볼 수 없었다.

나는 그의 눈을 외면하며 말했다.

"복권 바꾸러 왔습니다."

"응? 복권?"

"근데 기한이 지나버렸네요. 쓸모도 없는 복권, 그냥 찢어서 버려야겠죠?"

"알아듣게 좀 말해주면 안 될까?"

진심 같았다. 나를 방심하게 해서 일을 벌이려 한다거나 혹은 나와 친해져서 이득을 취할 의도는 보이지 않았다. 그는 정말 나에 대해서 궁금해하고 있었다. 이런 진실한 태도가 성가셨다. 자꾸 날 약하게 만들었다. 나는 다 그만두고 지점장실의 푹신한 소파에 앉아 그와 버려진 복권에 대한 대화를 나누고 싶었다. 하지만 아쉽게도 오늘은 아니었다. 나는 할아버지를 데리고 밖으로 나갔다.

티브이에선 이글스의 공격이 끝나고 우태진이 마운드로 올라가는 모습이 보였다. 아직도 그가 마운드 위에 서 있을 거라고는 상상도 하지 못했다. 하지만 아직도 삼분의 일이 남았다. 6회까지 완벽한 게임을 해낸 투수는 많지만 마지막까지 완벽했던 투수는 한 명도 없다. 설사 우태진이 퍼펙트게임을 하는 기적이 일어난다고 해도 달라질 것은 없다. 오히려 그 완벽함이 바로 그다음 순간에 완벽하게 깨지게 될 뿐이다. 나는 마음을 다잡았다.

17

7회 말

홈런이 터지면서 달아오른 분위기는 6회 말도 무사히 막아내며 정점에 올랐다. 하지만 7회 초가 되자 더그아웃의 공기가 무거워졌다. 아무도 나에게 말을 걸지 않고, 자기들끼리도 대화를 삼갔다. 일종의 불문율이다. 이렇게 해야 한다고 정해진 것은 없지만 퍼펙트게임의 가능성이 보이는 순간부터 더그아웃은 입시를 앞에 둔 수험생의 집처럼 조용해졌다. 수험생은 물론 나다. 그렇다고 이런 행동들이 나만을 위한 배려는 아니다.

명문대 진학이 완벽한 인생의 관문으로 여겨지는 세상에서 수험

생뿐 아니라 부모도 전쟁을 치르는 것처럼, 퍼펙트게임이 가능한 상황이 되면 투수뿐 아니라 야수들까지 긴장을 하게 된다.

퍼펙트게임이란 경기가 끝날 때까지 투수가 한 명의 타자도 출루시키지 않는 것을 의미한다. 안타를 맞지 않아야 할 뿐 아니라 타자의 몸에 맞는 볼을 던지거나 볼넷을 주어서도 안 된다. 투수가 이모든 일을 해내도 평범하게 아웃시킬 공을 야수들이 놓치면 퍼펙트게임은 무산된다. 안타만 맞지 않으면, 볼넷을 주거나, 야수들의 에러가 나와도 성립이 되는 노히트노런조차 프로야구 역사에 열세 번밖에 나오지 않았다. 퍼펙트게임은 아무도 해내지 못했다.

투수가 완벽한 경기를 펼쳤는데도 자신의 실수로 대기록이 무산된다. 친구의 당첨된 복권을 실수로 버린 것과 마찬가지이다. 퍼펙트게임의 가능성이 높아질수록 야수들은 타구가 자기 쪽으로 오지 않기를 기도한다.

베어스의 3번 타자가 세 번째로 타석에 들어섰다. 이 타자만 처리하면 7회 말도 끝난다. 방망이를 든 그의 얼굴엔 긴장감과 함께 결연한 각오가 엿보였다. 역사는 승자뿐 아니라 패자도 기록한다. 대기록의 희생양이 되는 것은 상대 팀 입장에서도 치욕이다. 타자의 눈에는 어떻게든 살아 나가겠다는 의지가 서려 있었다.

나는 오늘을 제외하고도 지금까지 두 번이나 퍼펙트게임이 이뤄질 뻔했던 현장에 있었다. 첫 번째는 부상을 당하기 전, 내가 등판

한 경기에서였다. 흔히들 말하는 공이 긁히는 날이었다.

야구란 게 이렇게 쉽구나.

공을 던지며 그런 생각을 했었다. 나는 열두 개의 삼진을 잡으며 8회 투아웃까지 상대 타선을 봉쇄했다. 퍼펙트게임까지 남은 타자는 넷이었고, 9회엔 타격이 약한 하위타선으로 이어졌다. 6번 타자는 대기록 달성에 마지막으로 남은 고비였지만 나는 긴장도 하지 않았다.

오늘 내 공은 못 친다.

나는 확신을 갖고 던졌다. 타자가 배트를 휘둘렀고, 빗맞은 공이 높이 떠올랐다. 나는 뒤도 보지 않고 주먹을 번쩍 들었다. 쉽게 처리할 수 있는 타구였기 때문이다. 하지만 비명과 같은 탄성이 터져 나왔다. 무슨 일인지 공이 타구를 잡기 위해 달려오던 중견수 앞에 아슬아슬하게 떨어진 것이었다. 그 사이, 타자가 1루에 진출했다.

중견수는 고개를 들지 못했다. 나는 선배였던 그를 바라보며 구겨진 얼굴 위에 억지웃음을 그려 보였다.

그리고 배팅박스를 향해 돌아서며 속삭였다.

"등신 같은 새끼."

선배의 플레이는 실책으로 기록이 되었다. 마음을 다잡았더라면 노히트노런이라도 해냈을 텐데 평정심을 잃어버린 나는 연속 안타를 맞고 마운드를 내려오고 말았다. 더그아웃에 들어온 나는 카메라 앞에서 글러브를 집어던졌다. 대기실로 들어가자 나와 교체된 투수가 몸을 푸는 동안 퍼펙트게임이 깨지던 순간의 장면을 티브이에서 보여주었다.

캐스터가 중견수를 위로하면서 말했다.

"지금 보니까 바람의 영향이 있지 않았나 하는 생각이 듭니다. 느린 화면으로 보시면 높이 떠오른 공이 갑자기 낙하하거든요."

화면에는 펄럭거리는 깃발이 보였다.

다시 보니 그런 것 같기도 했다. 알고 보면 그도 억울한 상황인지 몰랐다. 하지만 바람을 욕할 수는 없는 노릇이었다. 분풀이를 할 대상이 필요했다. 나는 그 선배와는 못 뛰겠다고 구단에 압박을 넣었고, 선배는 다른 팀으로 트레이드 당했다. 그 게임이 첫 번째였다.

나는 베어스의 3번 타자에게 공을 던졌다. 타자는 제멋대로 변하는 공을 바라만 봤다. 볼이다. 관중석에서 탄식이 나왔다. 타자는 퍼펙트를 깨기 위해 신중하게 볼을 기다렸고, 다시 볼을 던지면 볼넷이 되어서 타자가 1루로 진출, 퍼펙트가 깨진다. 나는 더그아웃에 있는 감독을 바라봤다.

자고 일어났더니 어제 새로 뽑은 드림카에 흠집이 생겼다면 그날은 운전대를 잡지 않는 것이 좋다. 완벽한 투구를 하던 투수가 퍼펙트가 깨진 순간부터 급격히 흔들리는 경우가 종종 있다. 흥분한 투수가 사고를 치기 전에 그의 손에서 공을 빼앗는 것도 감독이 할 일이다. 그러기 위해선 언제라도 다른 투수를 투입할 수 있도록 준비해야 한다. 하지만 감독은 무심한 태도로 나를 보고 있을 뿐이다.

바로 저 무심해 보이는 감독의 현역 마지막 경기가 두 번째였다. 감독은 나와 입단 동기지만 나보다 네 살 연상이다. 대학 졸업 후에 현역으로 군 생활까지 하고 프로로 진출했기 때문이다. 현역 시절엔 선배가 아니라 형이라고 불렀다. 형은 대단한 선수가 아니었다. 평소에는 중간에서 경기를 이어가다가 선발투수가 부상을 당하면 임시로 그 자리를 메우는 수준의 선수였다. 그래도 한 사람의 몫은 해냈고, 개인적인 욕심보다는 팀에 헌신하는 선수였기에, 은퇴를 선언했을 때 구단 관계자들과 선후배들은 물론 팬들도 아쉬워했다.

형의 마지막 경기는 정규시즌 막바지에 열렸다. 그즈음엔 팀들의 순위가 거의 결정된 상태라 상위 팀들이 올라가는 플레이오프 경쟁이 아니면 승부는 크게 의미가 없었다. 플레이오프에서 탈락한 팀들은 그런 시기의 경기들을 통해 신예들에게 실전 경험을 쌓게 해주었다. 간단히 말해, 이쪽이나 저쪽이나 부담이 없는 경기였다.

그해, 우리 팀은 나의 몰락과 함께 플레이오프에 탈락한 상태였고 상대 역시 사정은 다르지 않았다. 양 팀의 주전들이 빠진 상태에서 형이 마운드에 올랐다. 성실한 자세 때문인지 성적에 비해 팬들의 사랑을 많이 받았던 선수라 생각보단 많은 관중이 경기장을 찾았다. 그때의 나는 간신히 복귀를 했지만 부상이 재발해 쉬고 있었다. 경기장에 오기도 싫었지만 신망이 두터웠던 형의 은퇴식이라

눈치가 보여 나올 수밖에 없었다. 경기를 뛸 상황은 아니니 대기실에서 경기를 보고 있었는데 우리 팀 타자들이 한국시리즈라도 되는 것처럼 게임에 집중하는 것이 느껴졌다. 좋아하는 선배의 마지막 경기를 이기게 해주고 싶다는 마음이었을 것이다.

저런다고 질 경기를 이길 수가 있나.

무릎에 차고 있던 보호대를 끌어올리며 나는 휴대폰을 만지작거렸다.

경험이 부족한 상대 투수를 잡아먹을 듯 노려보던 타자들은 초반에 점수를 대량으로 뽑아냈고 우승이라도 한 것처럼 환호했다. 타자들이 리드를 안겨주자 마음이 편해진 형은 시간이 갈수록 안정적인 투구를 선보였다. 그래도 설마 퍼펙트게임이 될 거란 생각은 하지 못했다. 하지만 7회까지 퍼펙트가 이어지자 나는 더 이상 휴대폰을 쥐고 있을 수가 없었다. 초조했다. 퍼펙트게임이 깨질까 봐 초조한 게 아니라 형이 퍼펙트게임을 해낼까 봐 초조했다. 전성기의 나조차도 성공하지 못한 퍼펙트게임이었다. 그리고 앞으로도 하지 못할 퍼펙트게임이었다. 나는 형이 퍼펙트게임을 해낸다는 걸 받아들일 수가 없었다. 혹시나 퍼펙트게임이 나오는 끔찍한 상황을 떠올리며 어떻게 하면 흠집을 잡을 수 있을까 생각했다. 별로 중요하지 않은 경기, 약한 상대 등 몇 가지가 떠올랐다. 하지만 어떤 말로 폄하해도 퍼펙트게임은 퍼펙트게임이었다. 야구 역사에 이름을 새기는 것이다. 그런 업적은 나처럼 선택받은 자만이 누려야 할 특권이었다. 자신이 퍼펙트게임을 망칠지도 모른다는 긴장감에 짓눌린 야수들이 기도를 할 시간에 나는 상대 타자가 안타를 쳐주거나, 우리 팀 야수들이 실수를 저지르기를 기도했다. 하지만 내 기도는 응답되지 않았다.

8회에 상대 팀 4번 타자가 때려낸 타구가 담장을 향해 뻗어갔다. 높이가 어중간해 홈런이 될 것 같진 않았지만 담장을 맞추고 떨어지는 안타가 될 공이었다. 나는 벌떡 일어나 환호할 준비를 마쳤다. 우익수가 한발 늦게 공을 쫓아갔다. 공을 놓치지 않기 위해 하늘만 보며 달려가던 우익수는 자동차가 벽에 충돌하듯 그대로 담장에 부딪혔다. 지금도 낙후된 구장이 있지만 그 당시의 담장은 선수들을 보호할 충격흡수시설이 되어 있지 않아 충돌하면 큰 부상을 입었다. 우익수는 쓰러져 일어나지도 못하면서 글러브를 낀 팔을 들어올렸다. 글러브 안에 공이 보였다. 타자는 아웃되었고, 퍼펙트게임이 이어졌다. 나는 자리에 주저앉았다. 아웃 판정이 나고 나서야 우익수의 팔이 힘없이 땅으로 떨어졌다. 들것이 경기장 안으로 들어갔다. 우익수는 들것에 실려 그 길로 후송이 되었다. 선수 교체를 위해 잠시의 휴식 시간이 주어졌다. 나는 분통을 터뜨렸다. 할 수만 있다면 후송되는 녀석을 쫓아가서 욕을 퍼붓고 싶었다. 절망적인 마음으로 머리를 감싸 쥐고 있는데 티브이에서 믿기 힘든 소리가 들렸다.

"아, 투수를 교체하나요?"

나는 놀라서 고개를 들었다.

감독이 마운드에 올라가서 형과 대화를 나누고 있었다. 형이 감독에게 공을 건넸다. 던질 수 없다는 표시였다.

방금 공을 던지다 부상을 당했나.

하지만 마운드를 내려오는 형은 멀쩡해 보였다. 형이 더그아웃으로 들어오는 장면이 티브이에 나왔다. 형이 스스로 내려오면서 퍼펙트가 깨졌다. 기뻐해야 할 상황이었는데 즐겁지가 않았다. 막 끓어오르기 시작한 죽처럼 속이 부글거렸다. 형이 대기실로 들어왔다.

"왔냐? 무릎은 어때?"

형이 나를 보고 말했다. 동네 슈퍼라도 가다 만난 것처럼 담담한 태도였다.

나는 벌떡 일어나 절뚝거리며 형에게 다가갔다.

"아직 많이 불편하구나."

유니폼 상의를 벗던 그가 내 걸음걸이를 보고 걱정스런 얼굴로 말했다.

"어디 아파요?"

내가 말했다.

"아니, 왜?"

"근데 왜 내려와? 미쳤어요?"

형은 피식 웃더니 말없이 뒤돌아서 반쯤 걸치고 있던 유니폼 상의를 벗었다. 나는 형을 거칠게 돌려세웠다. 형의 얼굴에서 웃음기가 사라졌다.

"왜 이래?"

"왜 이래? 형은 왜 이러는데? 다시 입어. 그리고 올라가서 공 던져. 누구 맘대로 내려와? 퍼펙트가 눈앞인데 누구 마음대로 포기를 해! 나는 하고 싶어도 못하는데!"

내가 형의 멱살을 잡았다.

형이 내 손을 뿌리치며 말했다.

"내가 뭘 포기했는데? 너나 포기하지 마. 야구 못하면 인생 끝나? 그런 얼굴 하고 살지 말라고!"

나는 처음으로 사람을 때렸다. 다친 무릎 덕분에 체중이 실리지 못한 형편없는 펀치였다. 덩치만큼은 운동선수답게 좋았던 형은 나에게 맞은 얼굴을 잠시 쓰다듬더니 한마디 던졌다. 내 어설픈 주먹보다 훨씬 더 아픈 말이었다.

"철 좀 들어라."

나는 어찌할 줄을 모르고 서 있었다. 턱에 정타를 허용한 복서처럼 무릎이 덜덜 떨렸다. 형은 그런 나를 두고 옷을 갈아입고는 나가 버렸다.

형은 그대로 병원에 실려 간 후배 녀석을 찾아갔다. 다음 날, 형의 인터뷰가 신문에 실렸다.

동료를 다치게 하면서까지 퍼펙트게임을 하고 싶지 않다.

그게 형이 마운드에서 내려온 이유였다. 완벽한 게임 대신 완벽한 퇴장을 택한 형은 모두의 박수를 받으며 은퇴했고, 모두의 박수를 받으며 감독으로 돌아왔다.

한때는 형이라 불렸던 감독이 팔짱을 풀고 힘내라는 듯 내게 박수를 보냈다.

오늘이 내 현역 마지막 경기이다. 내 은퇴를 아쉬워하는 사람은 없을 것이다. 박수를 보내줄 사람도 없을 것이다. 저 사람 말고는.

나는 뒤를 돌아봤다. 잔뜩 긴장한 야수들의 모습이 보였다. 나는 그들에게 웃어 보였다.

쫄지 마라. 이제 나 자신 말고는 아무도 원망하고 싶지 않다.

나는 자세를 잡고는 어깨에 힘을 빼고, 어떻게 날아갈지 모르는 너클볼을 던졌다. 나의 첫 번째 퍼펙트게임을 막았던 바람에 모든 것을 맡기고.

흔들리며 날아가던 공이 타자가 휘두른 배트에 맞았다. 공이 높이 솟았다. 바람은 불지 않았다. 중견수가 공을 잡아내며 7회 말이 종료되었다.

18

8회 초

6회 말이 끝나고 인질범이 내보낸 여자 손님은 미술학원 오픈을 위해 대출을 알아보러 은행에 들렀던 미술 선생이었다. 그녀는 나오자마자 종이와 연필을 부탁했고, 거침없이 선을 그어갔다. 인질범의 몽타주였다. 연필의 검은 심이 줄어갈수록 인질범의 얼굴이 백지 위에 떠올랐다. 현장에서 전송해온 사진을 보고 나는 공개를 명령했다.

범인은 복면을 쓰지 않았다. 스스로를 숨길 생각이 없었다. 풀려난 인질들의 진술을 종합해보면 돈을 노린 범죄도 아니다. 범인은 금고에 눈길조차 주지 않았다. 그는 뭔가를 말하고 싶어 인질극을 벌인 것이다. 그 말을 하게 해주면 이 인질극을 끝낼 수 있을 것이다. 범인의 요구는 우태진이 끝까지 마운드를 지키라는 것뿐이다. 무엇을 말하고 싶은지는 모르지만 누구한테 말하고 싶어 하는지는 분명했다.

"처음 보는 얼굴이라니까요."

7회 말을 마치고 대기실로 들어온 우태진이 몽타주를 테이블에 내려놓았다. 우태진은 이제 인질범이 누구든 관심 없는 것 같았다. 그의 머릿속엔 앞으로 상대할 타자들밖에 없어 보였다.

우태진이 내 눈을 똑바로 바라보며 말했다.

"지금 또 세 명 내보냈다면서요. 그럼 여섯 명 남은 거잖아요. 내가 남은 두 회도 잘 막으면 해결되는 거네요?"

나야말로 처음 보는 얼굴이었다. 고교 때부터 우태진의 얼굴을 봐왔지만 이런 얼굴은 본 적이 없었다. 아시안게임에서 금메달을 땄을 때도, 한국시리즈에서 우승하던 때도 이런 얼굴은 아니었다. 그는 아직 오지 않은 승리를 확신하는 듯했다. 얼핏 비슷해 보이지만 잘나가던 시절 우태진이 보여줬던 오만함에 가까운 자신감과는 달랐다. 그는 다만 믿고 있었다. 오늘 바람이 자신의 편이라는 것을 믿었다.

처음 보는 얼굴이란 말도, 남은 두 회를 막아내겠다는 말도 거짓은 아닐 것이다. 오늘의 우태진은 마운드 위에서뿐만 아니라 아래에서도 믿을 만했다. 하지만 문제는 그것만이 아니다.

"죽을 겁니다."

내가 말했다.

"누가요?"

"이 청년이요."

나는 우태진의 앞에 놓인 인질범의 그림을 가리켰다.

"인질을 해치려는 의도는 없는 것 같아요. 돈을 노린 것도 아니고요. 대화를 나눠보면 침착하고 이성적인 친구예요. 그런데도 이런 일을 벌였다? 뭔가를 말하고 싶은 것이고, 그다음엔 죽을 각오를 한 겁니다."

인질범은 자신을 믿어주면 아무도 다치지 않을 거라고 말했다. 하지만 우태진이 마운드를 내려가려면 누군가 죽는다고도 말했다. 반대되는 말 같지만 둘 다를 충족시키는 조건이 있다. '누군가'가 '아무도'에 속하지 않으면 된다. 우태진이 몇 회를 버티는가는 상관이 없다. 우태진이 1회에 마운드에서 물러났다면 그는 그때 죽었을 것이고, 이대로 우태진이 퍼펙트게임을 해내면 그때 죽을 것이다. 인질범은 자신의 죽음을 통해 뭔가를 말하려는 것이다.

"그럼 그냥 들어가면 되는 거 아닙니까?"

감독과 우태진 말고는 팀에서 유일하게 상황을 알고 있는 수석코치가 말했다.

대기실 안의 모두가 그를 바라보자 코치가 구부정하게 서 있던 자세를 바로 하며 말을 이었다.

"아니, 인질들을 건드리지 않을 것 같다면 그냥 안으로 쳐들어가서 끝내면 되지 않습니까? 잘못된다고 해도…."

"인질범만 죽는다?"

내가 말했다.

"네에… 뭐 애초에 죽을 생각으로 그러는 거라면…."

그는 자라목이 들어가듯 야구점퍼 사이로 얼굴을 묻으며 말했다.

"코치님은 죽고 싶으셨던 적 없습니까?"

"네?"

"살면서 누구나 그런 순간 한 번쯤은 있잖습니까?"

"네, 뭐…."

"그때 정말 죽고 싶었습니까?"

"네?"

그는 영문을 모르겠다는 듯 인상을 썼다.

"실은 살고 싶었던 건 아닙니까. 그러니 지금까지 살아 계시고요. 죽고 싶은 사람이 어디 있겠습니까?"

나는 청년의 몽타주를 들어 보였다.

"이 친구도 살고 싶을 겁니다. 자기 딴에는 살고 싶어서 저러는 거겠지요. 잘못된 선택을 했지만 내 임무는 이 친구를 잡아 죗값을 치르게 하는 것이지 인생을 끝내게 하는 것이 아닙니다. 아시겠습니까?"

코치가 겁먹은 눈으로 고개를 끄덕였다.

갑자기 대기실 문이 열리며 누군가 들어왔다.

변모수였다. 그는 우태진과 내가 함께 있는 것을 보고 환하게 웃었다. 웃는 모습이 이렇게 꼴 보기 싫기도 힘든데.

"청장님, 태진 씨, 역시 같이 계셨네."

그가 반가운 친구라도 만난 것처럼 다가왔다.

뒤에서 구단 직원이 따라와 제지했지만 그는 똥파리가 날갯짓을 하듯 양팔을 퍼덕이며 소리쳤다.

"아, 왜 이래? 나 그 범인 알아요. 제보하러 온 거라고!"

감독이 눈짓을 하자 직원이 물러났다.

문이 닫히자 변모수가 의기양양한 얼굴로 우리를 둘러봤다.

"다들 여기 계실 줄 알았다니까. 그러니까 뭐랬어요. 내가 도움이 될 수도 있다고 했잖아요. 아까 내 말을 들어주셨으면 훨씬 수월했을걸."

변모수가 나에게 말했다.

"인질범은 누구고, 변 기자는 인질범을 어떻게 압니까?"

내가 말했다.

"이름은 라이언, 여섯 살 때 미국으로 입양되었다가 다시 한국에 돌아와서 지금은 사회복지사로 일하고 있어요. 나이는 우리 나이로 스물다섯이지, 아마?"

변모수가 이야기를 하며 우리들 한가운데 서는 동안 내 옆을 지키던 무관이 뒤로 물러서며 전화를 받았다. '어', '그래' 하며 전화를 받는 무관의 짧은 말들이 들렸다. 변모수가 그런 무관을 보며 씩 웃었다.

무관이 전화를 끊고 나에게 말했다.

"제보가 들어왔습니다."

"내 말이 맞죠? 방송마다 때렸으니 지금쯤은 소식이 왔겠지."

변모수가 말했다.

무관이 고개를 끄덕였다.

"두 번째 질문에도 답을 하셔야지. 어떻게 아는 사이신가?"

내가 말했다.

"그냥 일적으로 만난 사이죠."

"변 기자, 내가 바빠서 그러는데 인질범 정체는 변 기자 아니라도 우리도 알아낼 거였으니까 우리가 모르는 이야기를 해줄 것이 아니면 여기서 당장 꺼지쇼."

변모수가 잠시 나를 노려보다가 다시 약 올리는 듯한 미소를 지으며 말했다.

"무엇이든 물어보세요. 대답해드릴 테니까."

"인질범의 목적이 뭡니까?"

"빤하지. 우리의 뿌리를 찾아서, 뭐 그런 거 아니겠어요?"

"변 기자!"

"청장님도 진짜, 여기까지 말씀드렸는데도 촉이 안 오세요? 아니면 일부러 모른 척하시는 건가? 라이언이 우태진 아들이에요. 한국 이름은 우태양."

"뭐?"

우태진이 소리쳤다.

그의 얼굴이 발에 밟힌 가면처럼 일그러졌다.

"기억도 안 나시지? 그럴 거야. 그러니까 방망이 간수를 잘하셔야지. 여기저기 휘두르고 다니니 이런 일이 생기는 거…."

변모수가 말을 끝내기도 전에 우태진이 달려들었다. 무관이 뒤에서 우태진을 잡고 변모수에게서 떼어냈다.

"야, 이 새끼야! 약물도 모자라서 이제 뭐? 숨겨놓은 자식이 있다고? 내가?"

우태진이 날뛰었다. 무관이 놓아만 주면 변모수를 찢어놓을 기세였다.

"네 술친구가 찌른 거야, 인마!"

바닥에 너부러진 변모수가 악을 쓰며 말했다.

"뭐?"

폭주하던 우태진의 움직임이 순간 잦아들었다.

"네 잘난 술친구 말이야. 그놈이 너 팔아먹은 거라고. 이렇게 말해도 기억이 안 나? 중학교 졸업하고 같이 서울에 올라와서 여자 만난 적 있잖아!"

우태진의 몸부림이 완전히 멈췄지만 무관은 계속 우태진을 잡고 있었다. 우태진이 쓰러지지 않도록.

"그러니까 유명해졌다고 친구를 서운하게 하면 되나. 그래도 찾는 게 쉽지는 않았어. 간신히 흔적을 잡나 했더니 입양이 됐다네. 옛날 일인데다가 입양아 추적이라는 게 쉬운 일이 아니라서, 다시 한국으로 와주지 않았으면 아마 힘들었겠지."

"증언 말고 확실한 증거가 있습니까? 약물 건도 틀렸잖아요."

정신을 잃을 지경인 우태진을 대신해 무관이 말했다.

하지만 변모수는 자신만만한 미소를 잃지 않았다.

"틀린 게 아니었군."

내가 말했다.

사람들이 일제히 나를 바라봤다. 변모수까지도.

"애초에 약물을 잡아내려는 것이 아니라 친자확인 테스트를 하려는 거였어. 공개로 검증을 해야 한다고 압박을 해서 검사에 응하게 하고 뒤로 빼돌린 거지. 맞나?"

"무슨 말씀이신지…."

변모수는 딴청을 피웠다.

"혹시 룸에서 일어난 폭행사건도 그 술친구랑 짠 거 아니오?

"말이면 답니까!"

"그래서 당신 아버지가 우태진이다. 그걸 알려주고 이러라고 시켰나?

"미쳤어요? 나는 기자회견이나 하자고 했지. 이럴 줄은 몰랐어요."

나는 변모수에게 다가가 그의 어깨를 힘껏 잡았다.

"잘 들어. 아직 말하지 않은 것이 있다면 지금 다 말해."

"뭘요?"

"보통은 당신 말대로 기자회견이나 해야 맞아. 이렇게까지 할 이유는 없지. 뭐가 더 있어?"

"이거 좀 놓고 이야기하세요."

나는 빠져나가려 하는 변모수를 거세게 흔들며 말했다.

"대답해!"

"아, 주… 죽을 거예요."

"무슨 말이야?"

"우태양이 검사를 하면서 요즘 몸이 안 좋아서 다른 검사도 해보면 좋겠다고 했는데…."

"했는데?"

"병에 걸렸더라고요. 루게릭병이요."

나는 변모수의 어깨를 놓아주었다. 뒤에서 쓰러지는 소리가 들렸다. 폭탄에 의해 한순간에 철거되는 건물처럼 우태진은 허물어져버렸다.

19

8회 말

'사랑해?'라고 물었던 것 같다. 어쩌면 '사랑해'라고 말했던 건지도 모르겠다. 어느 쪽이든 빈말이 분명했다. 우리는 친구의 소개로 처음 만났고, 그 밤 후로는 본 적이 없었다. 나는 그녀의 이름도 기억하지 못했다. 이름도 기억하지 못하는 그녀의 빈말에 나도 빈말로 대답했었다.

사랑해요.

그 말이 무슨 뜻인지도 모르고 나는 그녀의 몸속으로 파고들었다. 그 순간, 문득 샘이 처음 본 우리에게 사랑한다고 말했던 것이

기억났다. 나는 그가 한 사랑한다는 말이 내가 한 말과는 다르다는 걸 알았다. 그의 말은 빈말이 아니었다. 그는 어떻게 처음 본 우리를 진심으로 사랑한다고 말할 수 있었을까. 생각해볼 만한 문제였지만 그때의 나는 그럴 여유가 없었다. 나는 메이저리그 타자의 폼을 흉내 내는 중학생처럼 포르노에서 본 남자배우를 따라 하려 애썼다. 하지만 나는 얼마 가지 못해 꼴사납게 헛스윙을 하는 타자처럼 힘없이 그녀에게서 떨어졌다. 그리고 다음 타석은 주어지지 않았다. 그녀는 괜찮다는 듯 웃어주었지만 나는 왠지 죄스러운 기분이 들었다. 그녀뿐 아니라 나 자신에게도.

고교에 올라가서 첫 번째로 출전한 대회는 5월에 열린 대통령배 전국고교야구대회였다. 경기는 지금은 없어진 동대문운동장에서 치러졌다. 나는 서울에 올라가며 그녀를 다시 볼 수 있지 않을까 기대했지만 그녀는 서울에 없었다. 내가 서울에서 공을 던지던 시간에 그녀는 우리 집이 있는 천안에서 아버지를 만났다. 아버지는 대회에 출전한 아들에게 영향을 끼칠까 봐 혼자 조용히 이 일을 처리했다. 대회가 끝난 후 집에 돌아가자 아버지는 웃으며 인사를 하는 내 뺨을 올려붙였다. 아버지가 어떻게 그 일을 '처리'했는지 정확히는 몰랐지만 아마도 아이를 지우는 조건으로 돈을 건넨 것 같았다.

하지만 그녀는 아이를 낳았다. 왜 그랬을까.

내가 처음 뉴스에 등장한 것은 미국에서 열린 청소년야구대회에서 우승했을 때였다. 그리고 고교 진학 후 첫 대회에서 또 우승을 차지했다. 초고교급 투수 등장이란 타이틀로 나는 스포츠 뉴스를 장식했다. 그때의 나는 내 미래에 대해 확신을 갖고 있었다. 내 생각만은 아니었다. 모든 구단의 스카우트들이 그렇게 생각했다. 나는 당첨될 복권이었다. 그녀도 그리 생각했던 것이 아닐까. 실제로 나는 그 후로 승승장구했다. 하지만 그렇다면 왜 아이를 버렸을까. 그 아이가 스물다섯 정도이고 여섯 살 때 입양을 갔다면 그 시기는 내가 선수 생활의 정점에 있을 때였다. 왜 그녀는 당첨된 복권을 찾으러 오지 않았을까.

야구는 쉴 새 없이 진행되는 축구와 농구에 비해 정적인 순간이 많은 스포츠다. 하지만 경기 중에 딴생각을 하는 것은 야구에서도 치명적이다. 많은 이들이 누구나 던질 수 있는 속임수일 뿐이라며 너클볼을 폄하하지만 자신의 힘을 의지하고 않고, 바람에 나를 온전히 맡긴다는 것은 어려운 일이다. 집중력을 잃어 공에 어설픈 회전이라도 걸리면 그 공은 고등학생도 담장을 넘길 수 있는 느려터진 직구가 된다.

아버지가 내 뺨을 때렸던 그날처럼 누군가 나를 때려주길 바랐던 순간, 내 어깨와 손목에 힘이 들어갔다. 공은 흔들림 없이 천천히 날아갔고, 타자가 거침없이 공을 때렸다. 공은 미사일이 발사되는 것처럼 내 머리 위로 솟구쳤다. 나는 뒤를 돌아보지 못했다. 그럴 필요가 없었다. 나는 고개를 숙였다.

끝났다.

귀가 멍멍해질 정도의 환성이 경기장을 가득 채웠다. 관중들이 뿜어내는 열기가 경기장 전체를 거대한 용광로처럼 만들어버렸다. 어둑한 하늘로부터 붉은 쇳물이 부어지는 것 같았다. 오랜 세월 착각 속에서 살아온 지난 인생이 내 무덤 같은 마운드 위에서 녹아내렸다. 그대로 마운드 위에서 무릎을 꿇으려는 순간에 누군가의 손이 나를 잡아 일으켰다.

"뭐해요? 어디 아파요?"

재춘이 말했다.

"아, 아니. 그래, 교체해야지."

나는 더그아웃을 바라봤다. 하지만 감독은 여전히 팔짱을 끼고 나를 보고 있었다.

"퍼펙트를 하고 있는데 무슨 교체예요? 정신 차려요!"

재춘이 손바닥으로 내 가슴을 치며 말했다.

"어?"

나는 그제야 주변을 둘러봤다.

이글스의 팬들은 열광했고, 베어스의 팬들은 탄식을 하고 있었다. 돌아본 전광판의 점수는 여전히 일 대 영이었다. 나는 타구가 날아간 좌익수 쪽을 바라봤다. 교체되어 들어와 6회 초에 홈런을 친 녀석이었다. 순간 이름이 기억나지 않았지만 곧 알게 되었다. 관중들이 외치는 소리가 귀에 들어왔기 때문이다.

박종호! 박종호!

팬들이 그의 이름을 연호했다. 저 녀석이 홈런이 될 타구를 펜스 위로 점프해서 걷어낸 것이다. 나는 손을 들어 박종호를 가리키며 고마움을 표시했다. 박종호가 믿음직하게 웃으며 고개를 끄덕였다.

"넘어간 줄 알았어요? 확인도 안 해보고 판단을 해요."

재춘의 목소리가 나를 돌려세웠다.

그는 담장을 넘어갔다고 생각했던 공을, 그래서 이젠 다시는 잡을 수 없을 거라고 생각했던 공을 내 손에 건네주었다.

"이제 다섯 남았어요. 다섯만 넘기면 퍼펙트예요. 조금만 힘냅시다."

재춘이 자리로 돌아갔다.

나는 공을 쥐어보았다. 단단한 공의 감촉이 흐물흐물해지던 몸의 감각을 되살렸다.

의사는 아니지만 루게릭병에 대해선 알고 있다. 야구를 좋아하는 사람이라면 한 번쯤 들어봤을 것이다. 뉴욕 양키스의 전설적인 타자 루 게릭의 이름을 딴 병이기 때문이다. 근육의 힘을 서서히 잃어 나중에는 온몸을 움직이지 못하게 되는 병, 그리고 고칠 수 없는 병이다. 루 게릭은 병 때문에 은퇴를 했고, 몇 년 후에 세상을 떠났다.

나에게 아들이 있다. 지금 그 아이가 총을 들고 은행에서 인질극을 벌이고 있다. 그리고 루 게릭이 걸렸던 병을 앓고 있다. 그 아이는 아마도 죽을 것인데, 그 시기를 스스로 앞당길 생각인 것 같다.

무엇을 해야 하는지도 모르겠고, 무엇을 할 수 있는지도 모르겠다. 평생을 어리석게 살아왔다. 고민을 한다고 해서 갑자기 지혜로워질 리도 없다. 내가 할 수 있는 건, 공을 던지는 것뿐이다. 그리고 바람에게 맡길 것이다. 어떠한 일이 일어나든 불평하지 않고 받아들일 것이다. 그러니 지금은 공을 던지겠다.

아직 끝나지 않았다.

20

9회 초

8회 말, 베어스의 타자들은 기회를 잡지 못하고 물러났다. 이제 우태진이 완벽한 게임을 해내는 데는 세 명의 타자가 남았을 뿐이다. 그리고 나에게는 세 명의 인질이 남았다. 젊은이들부터 내보내 달라며 끝까지 남은 노부부와 손님이 다 나가기 전까진 자리를 지키겠다는 정하니. 이제 은행에는 나와 이들뿐이다.

같은 시간, 티브이 안에선 이만 오천 명에 달하는 사람들이 파도를 이루며 응원을 펼쳤다. 티브이 속의 세계도 현실임은 분명했지만 한국시리즈 7차전이라는 무대는 선수나 팬이나 평생 한 번 서기도 어려운 비일상적인 공간이다. 그에 비하면 내가 발을 딛고 서 있는 이곳은 의심할 여지없이 진짜였다. 그런데도 티브이 속의 세계가 더 진짜 같았다.

미국에 건너가서 초반에 제일 많이 한 일은 영화를 보는 것이었다. 주로 디즈니 만화였는데 영어를 알아듣지 못해도 어느 정도 내용을 이해할 수 있었다. 디즈니 만화들 속에선 빤하지만 극적인 일들이 벌어졌다. 어떤 사람들은 그런 이유로 디즈니 만화를 싫어한다. 그들은 우리 인생이 덜 극적이고, 더 지루하다고 믿는다. 하지만 정말 그런가.

인생은 영화보다 극적이다. 불행은 영화에서처럼 전조를 보여주고 오지 않는다. 누구도 예상치 못했던 믿음직한 수비수의 실책처럼 현실의 불행은 믿기지 않는 방식으로 나타나 우리 삶을 뒤흔들어버린다.

지금쯤은 나의 신상이 파악되었을 것이다. 나에게 접근했던 기자는 이미 기사를 쓰고 있을지도 모르겠다.

우태진의 숨겨둔 아들이 은행에서 인질극을 벌이다.

이 정도 제목일까.

지금 우태진은 어디까지 알고 있을까. 안정을 찾기는 했지만 8회 말 초반의 투구는 그전의 거침없던 내용과는 달랐다. 아직 모른다고 해도 곧 알게 될 것이다. 전 국민이 다 알게 될 테니까. 그리고 우태진의 인생은 끝나겠지.

나란 존재가 갑자기 머리로 날아든 빈볼처럼 느껴지겠지만 억울해 할 필요는 없다. 애초에 나는 그가 던진 실투로 태어난 아이니까. 하지만 처음부터 복수를 하려고 했던 건 아니다. 친자확인을 하자고 기자가 찾아왔을 때만 해도 복수란 단어는 머릿속에 없었다.

빌리와 헬렌은 내 마음의 밭에 그런 단어가 심기는 걸 용납하지 않았다. 그렇다고 내 과거를 지우려 하지도 않았다. 두 사람은 내게 디즈니 영화를 보여주면서도, 내가 한국어를 잊어버리지 않도록 자신들도 한국어를 배우는 열성을 보였다. 그들은 내가 한국과 친부모를 잊어버리게도, 증오하게도 두지 않았다. 오히려 기억하고, 용서하라고 가르쳤다. 그리고 마땅히 받았어야 했던 사랑을 내게 주었다. 그 사랑 때문에 내 인생은 새로워졌다.

겉으로 드러난 직업이 무엇이건 나는 내가 받은 사랑을 다른 이들에게 전하고 싶었다. 유명한 야구선수가 되어 영향력을 발휘하는 것도 좋지만, 나에게 메이저리그에서 성공할 재능이 있는 것 같진 않았다. 11학년이 되며 야구를 관둔 나는 포수 마스크를 썼을 때만큼이나 열심히 공부를 했고 장학금을 받으며 대학에 입학했다. 전공은 사회복지였다. 그리고 졸업과 동시에 한국행 비행기를 탔다. 나와 같이 버림받은 아이들을 돌보고 싶었기 때문이다. 빌리와 헬렌은 나의 선택을 지지해주었다.

일자리를 구하는 건 어렵지 않았지만 아이들을 담당하고 싶다는 바람은 이뤄지지 않았다. 나는 먼저 노숙자들을 돌보는 일을 하게 됐다. 장씨 아저씨도 그때 처음 만났다. 환경도 험했고 근무 시간도 들쑥날쑥했지만 불평은 하지 않았다. 가끔씩 다리가 풀리는 건 그저 피곤해서인 줄만 알았다. 그런 증상이 잦아질 무렵에 기자가 나타났다.

기자는 내 분노를 끌어내기 위해 온갖 이야기를 해댔지만 우태진이 내 아버지라는 것 말고는 거짓말이 분명했다. 나는 엄마가 어떤 사람인지 알았다. 약삭빠르게 행동하면서도 빈틈이 많았고, 그래서 어리석은 일도 많이 했지만, 중학교를 막 졸업한 아이에게 휘둘릴 사람은 아니었다. 휘둘렸다면 오히려 우태진 쪽이었을 것이다. 선수로 뛰는 건 그만뒀지만 여전히 야구를 좋아했던 나는 스포츠 뉴스를 빼놓지 않고 챙겨봤다. 덕분에 우태진이 어떻게 살아가고 있는지 대충은 알고 있었다. 그를 찾아가서 용서한다고 말해준들 그가 지고 있는 인생의 짐이 덜어질 것 같진 않았다. 나는 내 존재를 알릴 생각도 하지 않았고, 기자는 실망한 채로 돌아갔다.

그로부터 얼마 후에 병원에서 연락이 왔다. 기자와 함께 병원을 찾은 김에 가끔씩 다리에 힘이 풀리는 증상에 대해서도 검사를 받았는데 결과가 나온 것이었다. 의사를 만나러 간 자리엔 기자도 와 있었다. 기자를 통해서 소개받은 의사였지만 개인적인 진료를 받는 자리에 그가 있는 게 불쾌했다. 그리고 불길했다. 그는 불행만을 캐고 다니는 인간이었기 때문이다. 기자는 침통한 얼굴로 앉아 있었지만 굳게 다문 입술 속엔 금광이라도 발견한 것처럼 터져 나올 것 같은 웃음을 머금고 있었다.

의사는 병의 진단이 아니라 내 삶의 결론을 내렸다. 그는 내가 죽을 거라고 말했다. 기자가 날 위로하는 척하면서 우태진의 이야기를 꺼냈지만 귀에 들어오지 않았다. 나는 휴가를 내고 방에 틀어박혀 종일 드라마를 봤다. 중간에 화장실을 갈 때마다 거울에 비친 내 모습은 건강해 보였다. 내가 죽는다니 믿을 수가 없었다. 하지만 믿어지지 않는 이야기가 아직 남아 있었다.

드라마가 재생되던 모니터 구석에서 알람창이 떴다. 미국에서 전화가 온 것이었다. 빌리와 헬렌에게 연락을 해야 한다고 생각하면서도 피하고 있던 참이었다. 전화를 건 것은 빌리도 헬렌도 아닌, 두 사람의 딸이었다. 그녀와 나는 사이가 나쁘진 않았지만 친밀한 관계도 아니었다. 그녀가 이미 가정을 이루고 멀리 떨어져 살 때 빌리와 헬렌에게 입양을 갔기 때문이다. 좋은 것이든 나쁜 것이든 그녀에게 일어나는 일은 빌리와 헬렌을 통해서 전해지는 경우가 대부분이었다. 나는 진료실에서 기자를 봤을 때만큼이나 불안한 마음에 휩싸였다. 그녀는 힘겹게 "나야" 하고 말하고는 울어버렸다. 울음은 한참 동안이나 멈추지 않았다.

빌리와 헬렌은 한날한시에 죽었다. 총기난사 사건이었다. 두 사람은 은퇴한 지 오래였고, 홈커밍데이를 맞아 학교에 들른 것뿐이었다.

지금 내 앞에 나란히 앉아 있는 노부부와 정하니처럼 빌리와 헬렌은 다른 사람들을 도우려다가 범인과 마주쳤다고 했다. 범인이

자살을 했기에 두 사람의 마지막이 어땠는지는 몰랐다.

나는 전화를 끊고 계속 드라마를 봤다. 빌리와 헬렌이 죽었다는 이야기보다 모니터 속의 드라마가 진짜 같았다. 나는 드라마가 끝나지 않기를 바랐다. 하지만 사람이 써낸 이야기는 곧 끝이 났다. 그리고 신이 써낸 잔인한 이야기가 계속됐다.

범인은 한국계 학생이었고 나처럼 입양된 아이였다. 해외 입양의 성공적인 사례들이 미담처럼 소개되지만 자신을 버린 친부모에 이어 증오할 대상이 늘어나는 경우도 많았다. 그는 나와는 달리 빌리와 헬렌 같은 사람을 만나지 못했다. 그의 양부모는 개를 키울 자격도 없는 사람들이었다. 마땅히 받았어야 할 사랑 대신 이 세상에 존재하는 온갖 악의를 먹고 자란 그는 내가 야구팀의 주장이 되었을 나이에 총을 잡았다.

나는 미국에 가 장례식에 참석하는 대신 다시 복지관에 나갔다. 외면한다고 두 사람의 죽음이 없던 일이 되지 않지만 나는 빌리와 헬렌이 없는 세상을 살아갈 준비가 되어 있지 않았다. 나는 아무 일도 일어나지 않았던 것처럼 일만 했다. 우습게도 그즈음 그토록 원하던 아이들을 담당할 기회가 생겼다. 가족에게 버림받은 장애아들을 돌보는 일이었는데 처음으로 맡은 업무는 장애아들과 함께하는 봄소풍이었다. 우습게도 장소는 '그곳'이었다.

여섯 살 때 이후로 처음 가본 그곳은 나의 덩치가 커진 만큼 예전보단 조금 작아 보였다. 내가 맡은 아이는 지적장애를 가진 초등학생 여자아이였다. 나는 아이의 손을 잡고, 놀이공원을 걸었다. 아이스크림을 사 먹고, 풍선을 사 들고, 회전목마를 탔다. 그리고 엄마를 떠나보냈던 곳으로 갔다. 관리하는 사람은 달라졌지만 시설은 거의 그대로였다. 나는 아이에게 원하는 인형을 물어보고 총을 쐈다. 이십 년 가까이 지났지만 인형을 맞히는 건 쉽지 않았다. 하지만 하면 할수록 감이 잡혔다. 총알과 인형의 거리가 점점 가까워졌다. 그리고 마침내 '이번에야말로'라고 생각하는 순간, 바람인형에서 바람이 빠져나가듯 장난감 총을 든 내 팔이 힘없이 아래로 떨어졌다. 팔에 그런 현상이 일어난 건 처음이었다. 힘이 빠져나가 축 늘어진 팔에 공포감이 차올랐다. 그 공포감이 가슴 깊숙이 묻어두었던 말 한마디를 불쑥 떠오르게 했다.

태어나지 말았어야 했다.

갑자기 웃음이 나왔다. 나는 눈물이 나도록 웃었다. 아이가 겁먹은 눈으로 나를 보았다. 내가 자신을 두고 떠나기라도 할 것처럼.

경쾌한 타격음과 함께 티브이에서 환호와 탄식이 교차되었다. 9회 초, 이글스의 타자들이 교체된 베어스의 투수를 두들겼다. 베어스는 다시 투수를 교체했다. 다음 투수가 어떻게 던질지 모르지만 우태진은 최소한 석 점의 리드를 안고 9회 말을 맞이하게 됐다. 지금껏 베어스의 타자들은 우태진을 전혀 공략하지 못했다. 역전은 어려웠다. 남은 것은 퍼펙트냐 아니냐일 뿐이다. 오히려 잘된 일이다. 여기까지 온 이상 나는 그가 퍼펙트게임을 해내기를 바랐다. 덕분에 나의 이야기는 이 경기와 함께 역사에 남게 될 것이니까.

빌리와 헬렌은 우리가 이 땅에 온 이유가 신을 사랑하고, 그의 뜻을 따라서 다른 이들을 사랑하기 위해서라고 했다. 그 사랑이 세상을 이길 거라고. 하지만 두 사람은 이 악한 세상이 만들어낸 괴물에게 죽어버렸다. 나는 상처받은 아이들을 돌보고 싶어 이 땅에 왔지만 나 자신조차 돌보지 못할 처지가 될 것이다.

틀렸다. 나는 여전히 빌리와 헬렌을 사랑하지만 두 사람의 방식은 틀렸다. 보이지 않는 신의 사랑 같은 건 소용없다. 이 세상은 눈에 보이는 것이 아니면 믿지 않으니까. 똑똑히 보여줘야 해. 절대로 잊을 수 없는 방식으로. 버림받은 자의 분노를. 버린 자의 파멸을. 어차피 고통 속에서 죽을 인생. 내 남은 인생은 이 일에 쓰겠다.

언제냐는 상관없이 우태진이 마운드를 내려오면 그를 이곳으로 불러내 모든 것을 폭로하고 수많은 카메라가 지켜보는 가운데 내 머리에 총알을 박아 넣는 것이 원래의 계획이었다. 우태진이 마지막 회까지 마운드를 지킬 줄은 몰랐지만 달라질 것은 없다. 완벽한 게임이 이 비극적인 파멸의 드라마도 더욱 완벽하게 해줄 테니까.

그러니까 던져, 끝까지 던져.

나는 티브이를 노려보며 속으로 외쳤다.

새로 올라온 베어스의 구원투수가 투구를 시작할 때, 할아버지가 말을 걸었다.

"어떻게 할 생각인가?"

"네?"

나는 화면에서 눈을 떼고, 할아버지를 보았다.

"앞으로 어떻게 할 생각이냐고 물었네."

나는 나란히 앉아 있는 나의 인질들을 바라보았다. 자진해서 마지막까지 남은 사람들이지만 여기까지 오자 다들 불안해 보였다.

"걱정하지 마십시오. 세 분 다 곧 보내드릴 겁니다."

나는 그들을 안심시키고, 다시 티브이를 향해 돌아섰다. 하지만 할아버지가 일어나 나에게 다가왔다.

"자네는 어쩌고?"

"네?"

내가 인상을 쓰며 되물었다.

"우릴 다 내보내고 자네는 어쩔 거냐고?"

"그게 중요합니까?"

"그럼 중요하지."

"어르신이 여기서 나가시는 것보다 중요합니까?"

"사람 목숨이 귀하지 않은 것이 어딨나?"

"그러세요? 절 그렇게 생각해주시니 감사하네요."

나는 총을 들어 그를 겨눴다. 할아버지의 양옆에 앉아 있던 할머니와 정하니가 벌떡 일어났다.

"근데 가족들도 그렇게 생각하실까요?"

내가 할머니를 보며 말했다.

"어르신이 이러다가 총이라도 맞으면 어떠실 것 같으세요? 존경의 마음이 샘솟을까요?"

할머니가 불안한 눈빛으로 할아버지와 나를 번갈아 보았다. 정하니가 옆에서 할머니를 부축하고 안아주었다.

내가 다시 할아버지를 향해 말했다.

"대답 못하시는데요? 그러면 어르신이 답해보시죠. 왜 이러세요? 그냥 나가면 되잖아요. 이러면 누가 알아줘요? 기다리고 있을 가족들 생각은 안 하세요? 이러다 죽으면 개죽음 아닙니까!"

"저기요, 지금 좀 실례가 지나치신 것 같은데요."

정하니가 끼어들었지만 나는 총구를 그녀에게 돌리며 말했다.

"당신도 똑같아. 다른 사람들 하는 대로 하면 될 걸 뭐가 잘났다고 그래요? 지금 당신 겨누고 있는 이게 뭔지는 알아요?"

당차기만 했던 정하니가 입을 다물었다. 나는 다시 총구를 할아버지에게로 향했다.

"두 사람 다 말은 번지르르하게 하지만 아까 나한테 덤벼들었던 그 멍청한 남자랑 다를 게 없어."

"그만해요."

정하니가 말했지만 나는 아웃될 것을 알면서도 홈으로 쇄도하는 주자처럼 멈추지 않았다.

"아, 죽으면 슬퍼할 자식들이 없나요? 손이 그렇게 엉망이 되도록 일해서 키워놨더니 다 모른 척해요? 하긴 여기서 죽으면 영웅처럼 보일지도 모르겠네요. 그러면 자식들이 뭐 다르게 생각할 것 같아요? 그런다고 실패한 인생이 달라지지 않아요!"

"닥쳐요."

할머니가 말했다.

나는 입을 다물고 그녀를 바라보았다. 나뿐 아니라 할아버지와 정하니도 마찬가지였다.

"할머니."

정하니가 놀란 얼굴로 말했다.

그녀는 자신을 잡고 있던 정하니의 팔을 부드럽게 내려놓고, 한 발 앞으로 나섰다. 할아버지가 차마 말도 못하고 손짓을 하며 만류했지만 할머니는 멈추지 않았다. 나는 뒤로 물러서며 총구를 할머니에게 향했다.

"멈춰요. 다가오면 쏩니다."

내가 말했지만 할머니는 계속 나를 향해 왔다.

"멈추라고! 안 들려요?"

나는 미국 아이들과 견주어도 덩치가 좋았다. 손에는 총까지 들고 있었다. 그런 내가 하얗게 머리가 센 빈손의 할머니에게 몰려 벽에 등이 닿을 때까지 뒷걸음질을 쳤다. 할아버지와 정하니는 지켜만 볼 뿐 제자리에서 한 발자국도 움직이지 못했다.

"못 쏠 거라고 생각하죠?"

내가 일그러진 얼굴로 말했다.

할머니가 총구 앞까지 다가와 고개를 끄덕였다.

"그래요. 무엇 때문에 그렇게 화가 났는지, 누구한테 화를 내는 건지 모르겠지만, 아무 이유도 없이 이 늙은이를 해칠 사람으로 보이진 않네."

"맞아요. 이런 꼴을 당할 이유가 없으시죠. 하지만 이유 없이 닥치는 불행은 많잖아요? 그게 오늘이면 어쩌시려고요? 그렇게 착한 척하면 천사라도 내려와서 막아줄 것 같습니까!"

"아까부터 이상한 소리만 하네."

"네?"

"총을 쏘거나 말거나 그건 청년 자유지. 자기가 선택을 해서 여기까지 온 거잖아. 그런데 왜 어쩔 수 없이 여기 있는 것처럼 이야기하지? 왜 누구한테 조종이라도 당하고 있는 것처럼 굴어. 그 총에 맞아도 자기 잘못은 아닌 것처럼."

기습 번트에 허를 찔린 것 같았다. 나는 말문이 막혔다. 목에 가시라도 걸린 것처럼 나는 손을 들어 가슴을 치며 말했다.

"내가 뭐 좋아서 여기 있는 것 같아요? 살다 보면 선택의 여지가 없는 상황도…."

"아니, 없어. 그런 건. 어떤 상황에서도 선택의 자유는 있는 거야."

할머니가 가차 없이 나의 말을 잘라내고 말을 이었다.

"그 총을 무슨 리모컨처럼 휘두르고 있지만 거기에 휘둘리는 사람이 있는가 하면 용기를 내서 다른 사람들을 보호하는 사람도 있는 거라고. 저 둘이 아까 청년한테 덤벼들었던 그 남자랑 똑같다고? 천만에, 그 사람이랑 똑같은 건 청년이지!"

"네?"

도대체 이 할머니가 무슨 말을 하는 건가. 내가 그 사람이랑 똑같다니.

"완전히 자포자기해서는 자기 인생을 내던지려 하고 있잖아!"

"…."

"아까 그랬지? 이게 무슨 멍청한 짓이냐고, 영웅이라도 되고 싶냐고, 이게 뭔지는 아냐고, 그 총 휘두르면서 그랬잖아. 근데 청년은 그게 뭔지 알아? 지금 무슨 짓을 하고 있는지 아냐고. 이게 무슨 멍청한 짓이야!"

피를 흘리며 나를 향해 고래고래 소리를 질렀던 남자의 얼굴이 음이 소거된 화면처럼 머릿속에서 재생됐다. 절박한 눈으로 울먹거리던 그의 입술을 따라 읽었다.

안 돼, 살려줘, 살려주세요.

손자를 혼내는 것처럼 호되게 야단치던 할머니는 고개를 숙이고 웅얼거리고 있는 나를 측은하게 보며 말했다.

"가족은 생각하지 않냐고? 그러는 청년은? 부모님 생각은 해? 그럼 이럴 수가 있어?"

나는 천천히 고개를 들고, 아무 대답 없이 할머니를 향해 걸어갔다. 할머니를 겨냥한 총을 그대로 앞세우고.

"당신이 뭘 알아?"

할머니가 자신을 겨누고 다가오는 총구에 급하게 뒷걸음질을 하다 넘어졌다. 놀란 할아버지와 정하니가 달려와 할머니를 감쌌다. 나는 그들을 향해 총을 겨눈 채로 소리쳤다.

"당신들이 뭘 아냐고! 씨발, 나에 대해서 뭘 알아? 내 마음이 어떤지 알아? 여기가! 여기가!"

나는 가슴을 세차게 두드리며 말했다.

다 아물었다고 생각했던 상처가 실밥이 터지듯 부풀어 올랐다. 그 안에서 무엇이 튀어나올까 두려웠지만 막을 수가 없었다.

땡. 땡. 땡.

전화가 울렸다. 복싱경기에서 라운드의 종료를 알리는 신호음 같았다. 끓어오르던 냄비에 찬물을 한 바가지 부은 것처럼 은행 안은 갑자기 조용해졌다. 단조로운 전화벨 소리가 다시 선명하게 울렸다.

땡. 땡. 땡.

우리 모두 그쪽을 바라봤다. 내가 경찰과 통화하던 창구 바깥쪽이 아니라 데스크 안쪽 자리에 설치되어 있는 전화였다. 나는 가까운 곳의 전화로 받으려고 했다.

"저긴 기업창구라서 독립 내선이에요. 가서 받아야 돼요."

정하니가 말했다.

나는 정하니를 향해 고개를 끄덕이고는 그쪽을 향했다.

당연히 경찰일 것이다. 하지만 왜 지금이지?

나는 우리와는 아무런 상관도 없이 무심하게 야구를 중계하고 있는 티브이를 봤다. 베어스의 구원투수가 간신히 추가 실점을 막고 9회 말로 넘어가고 있었다. 잠시 후에 돌아오겠다는 캐스터의 멘트와 함께 광고가 흐르기 시작했다.

막상 9회 말이 되니 내가 약속을 지키지 않을까 봐 걱정이 된 것일까. 나는 전화기에 폭탄이라도 설치되어 있는 것처럼 조심스레 다가가 전화를 집었다.

"여보세요."

"라이언?"

분명히 내 이름을 불렀는데 나는 대답하지 못했다.

한국에 날 라이언이라고 부르는 사람은 없다. FBI가 개입한 것이 아니라면 이 목소리는 경찰이 아니다. 미국 여자, 아니 목소리로 봐서는 십 대 소녀라고 보는 편이 맞았다. 그리고 처음 듣는 목소리였다. 상대하던 경찰은 어딜 가고 갑자기 알지도 못하는 십 대 미국 소녀가 이곳에 전화를 걸어왔다. 이게 무슨 일인가. 경기 중에 난데없이 관중이 난입한 것 같았다.

"라이언, 거기 있죠?"

내가 아무 말도 않자 소녀가 말을 하기 시작했다. 얼마나 긴장을 했는지 바다 건너 나라에 사는 소녀의 떨림이 고스란히 전해져 왔다.

"무척 이상한 일이라는 걸 알지만 끊지 말고 끝까지 들어줘요. 나는 앨리스라고 해요. 날 잘 모르겠지만 나는 당신을 알아요."

자신을 앨리스라고 소개한 소녀는 크게 심호흡을 하고 다시 말을 이어갔다.

"나 '그날' '거기'에 있었어요. 빌리와 헬렌과 함께요. 무슨 말인지 알죠?"

머리가 전속력으로 회전하며 할 말을 찾았지만 병 때문에 혀의 근육도 마비된 것처럼 내 입에선 어떠한 소리도 새어나가지 못했다. 앨리스는 내 침묵에 개의치 않기로 한 듯 자신이 할 말을 쭉 이어갔다.

"연극부에서 올린 공연을 보고 있었어요. 전 앞쪽에 있었어요. 연극에 좋아하는 남자아이가 나왔거든요. 시작하고 얼마 되지 않아 뒤에서 총소리가 들렸어요. 처음엔 무슨 특수효과인지 알았어요. 총 같은 게 나오는 연극도 아니었는데, 멍청하죠."

앨리스는 엷게 소리 내어 웃었지만 그녀가 지금 울면서 말하고 있다는 것은 보지 않아도 알 수 있었다.

"무대에 있던 친구가 쓰러지는 걸 보고서야 뭔가 잘못됐다는 걸 알았어요. 다들 도망치려 했지만 공연장은 어두웠기 때문에 움직이기가 쉽지 않았어요. 그래도 전 앞쪽에 있어서 비상구로 이어지는 무대 앞 통로까지 쉽게 내려갔죠. 그런데 거기서 발을 헛디뎌버린 거예요. 얼마나 심하게 삐었는지 걸을 수 없을 정도였어요. 나가면 살 수 있는 문이 바로 저 앞에 있는데 말이에요. 그때, 누군가 저를 옆에서 붙들고 일으켜주려고 했어요. 처음 보는 할머니였죠."

나는 전화기를 꽉 쥐었다.

"하지만 총소리가 들리고, 그분은 제 옆에 쓰러지셨어요. 그리고 그놈이 내려오는 소리가 들렸어요. 저는 눈을 감고 죽은 척을 하려고 했지만 자꾸만 몸이 떨려왔어요. 마침내 그놈이 제 바로 뒤까지 왔을 때, 갑자기 닫혀 있던 문이 열렸어요. 그리고 누군가 뛰어 들어와 그놈한테 달려드셨죠. 화장실에 가려고 잠시 나가셨던, 할머니의 남편이셨어요. 뒤에서 싸우는 듯한 소리가 들렸어요. 저는 계속 눈을 감고 벌벌 떨고만 있었어요. 그런데 누군가 제 몸에 손을 댔어요. 제 옆에 쓰러지셨던 할머니가 제 쪽으로 기어오신 거였어요. 그분은… 그분은 자신의 몸으로 비스듬히 제 몸을 덮어주셨어요. 그리고 떨지 말라는 듯 제 어깨를 두드려주셨어요. 그분의 옆구리에서 흐르는 피가 제 몸을 적셨어요."

앨리스는 더 이상 울음을 참아내지 못했다. 그녀는 볼륨이 고장난 라디오처럼 소리를 질렀다가, 조용히 흐느꼈다가, 잠시 울음을 삼켰다가, 다시 울며 말했다.

"다시 총소리가 났어요! 그리고 누군가 쓰러지는 소리가 들렸죠. 그놈의 발자국 소리도요. 그놈은 내 옆에 잠시 멈춰 피가 잔뜩 묻은 나를 보고는 나가버렸어요. 이게 내가 살아 있는 이유예요. 그리고 지금 당신에게 전화를 건 이유고요. 라이언, 지금 당신이 어떤 마음으로 거기 있는지 난 잘 몰라요. 미안해요. 당신의 소중한 사람들을 지켜주지 못해서 미안해요. 하지만 난 살려고 해요. 그게 그 두 분이 원하는 것일 테니까요. 당신도 살면 안 될까요?"

나는 끝끝내 앨리스에게 단 한마디 말도 하지 못하고 전화를 끊었다. 더는 울음을 참아낼 수 없었기 때문이다. 나는 그 자리에서 주저앉듯 무릎을 꿇었다.

눈물이 무릎 위로 떨어질 때, 광고가 끝나고 다시 야구중계가 시작되었다. 흥분한 캐스터와 해설자의 목소리가 울고 있는 내 귀를 파고 들어왔다.

"이곳은 다시 잠실야구장입니다. 야구팬 여러분. 9회 말, 이제 아웃카운트는 세 개만이 남았습니다. 이제 곧 올해의 프로야구 최강자가 가려집니다."

"네, 그런데 놀라운 일이 벌어졌지요."

"네, 8회까지 베어스 타선을 퍼펙트로 막아내던 우태진 선수가 교체되었습니다."

나는 고개를 들어 티브이를 봤다. 화면 속에서 9회 말 투구를 준비하고 있는 선수는 분명 우태진이 아니었다.

"퍼펙트를 기록 중인 투수를 교체한다, 이걸 어떻게 해석해야 할까요?"

"글쎄요. 퍼펙트도 물론 중요하지만 역시 우승이 먼저다, 이미 우태진 선수는 많은 공을 던졌고, 남은 구원투수들이 있으니 확실하게 경기를 마무리하겠다, 이런 의도로 볼 수 있겠죠. 하지만 말 그대로 완벽한 투구를 보여준 우태진 선수를 한 번 더 믿어주면 좋지 않았을까 그런 아쉬움도 있습니다."

"네, 저도 오늘 밤 우태진 선수의 공을 더 이상 보지 못한다는 것이 무척이나 아쉽네요."

오늘 나는 은행에서 인질극을 벌였고, 야구를 좋아하는 이상한 경찰을 만났다. 바다 건너의 낯선 소녀가 전화를 했고, 그녀로부터 빌리와 헬렌의 마지막을 전해 들었다. 8회 말까지 완벽한 게임을 펼쳤던 우태진은 아웃카운트 세 개를 남기고 마운드에서 사라졌다. 오늘은 수요일. 수요일은 나에게 늘 애매한 날이었지만, 오늘은 이상한 날이다. 바람의 길을 모르는 것처럼, 엄마의 태 안에서 아이의 뼈가 어떻게 자라나는지를 모르는 것처럼, 바로 다음 순간조차 무슨 일이 일어날지를 모르겠다.

내 앞의 창문이 깨졌다. 블라인드를 뚫고 야구공이 내 얼굴로 날아왔다.

21

9회 말

고교에 입학하면서 아버지는 작지만 길쭉한 마당이 있는 집을 골라 또 한 번 이사를 했다. 그리고 집에서도 늦게까지 투구를 할 수 있도록 라이트와 그물을 설치했다.

"태평양을 건너려면 스피드만으로는 안 된다. 언제든 원하는 곳에 공을 던질 능력이 있어야 해."

'그녀'와의 사건이 있고 난 후, 아버지는 더욱 엄격해졌다.

전담 매니저를 자처하며 식단부터 훈련 프로그램까지 모든 것을 챙기다가 학교 감독님과 충돌하기도 했다. 아버지는 밤마다 내 투구를 지켜보며, 당신의 자식이 바다를 건너 메이저리그에 가는 꿈을 꾸셨겠지만, 늦은 밤 라이트가 켜진 마당에서 그물을 향해 공을 던지며 나는 내가 그물에 걸린 물고기 같다고 생각했다.

프로에서 첫 우승을 하고 얼마 되지 않아 아버지가 맞선 자리를 마련했다. 아버지는 내가 방송 등에 출연하며 연예인들과 어울리기 시작한 것을 못마땅하게 여겼다. 자칫 내가 헛바람이 들까 걱정한 아버지는 일찌감치 가정을 가져야 운동에만 집중을 한다며 나의 결혼을 밀어붙였다. 결혼하기엔 어린 나이라 거부감이 들었지만 일찌감치 사고를 친 탓에 어쩔 수가 없었다. 그렇다고 억지로 결혼을 한 것은 아니다. '그녀'처럼 화려하지는 않았지만 아내는 예쁘고 고왔다. 결혼식 날에는 웃음을 감추기가 어려웠다. 그때만 해도 내 인생에 그토록 긴 내리막길이 이어질 줄은 몰랐다.

아내는 그 시간들을 나보다도 잘 버텨냈다. 아내는 어디로 날아갈지 모르는 너클볼을 잘 잡아준 재춘처럼 어디로 튈지 모르는 나를 한결같은 모습으로 받아주었다. 하지만 그게 오히려 나를 힘들게 했다. 아내 탓은 아니다. 최고의 포수를 눈앞에 두고도 몰라본 것처럼, 사랑을 주어도 받을 줄을 모르는 내 탓이었다.

아내가 먼저 헤어지자고 말했다. 특별한 사건은 없었다. 그저 평범한 하루였다. 형광등이 나갔어요, 라고 말하는 것처럼 아내는 이혼을 이야기했다. 나는 아내를 붙잡지 못했다. 내겐 붙잡을 자격이 없었다.

8회 말이 끝나고 경찰 오토바이 뒤에 실려 은행으로 가면서 아내를 떠올렸다. 무슨 염치인지 모르지만 나는 아직도 아내가 나를 사랑하고 있다고 믿었다. 내가 돌아가기만 한다면 나를 받아줄 거란 기대가 있었다. 수없는 재활의 반복에도 재기를 위해 노력했던 것은 돌아갈 자격을 갖추려는 것이기도 했다.

이젠 글렀네.

나는 점퍼 속의 야구공을 꺼내 만지작거렸다. 마지막 경기 기념구라며 재춘이 챙겨준 공이었다. 나는 아직 던지고 싶은데 받아줄 사람이 없었다.

공을 다시 주머니에 넣고, 점퍼 안주머니에서 종이 한 장을 꺼냈다. '태양'을 그린 그림이었다. 친구가 보여줬던 태아의 초음파 사진이 떠올랐다. 겨우 사람의 형태를 갖추기 시작한 사진을 두고 친구는 자길 닮아 코가 오똑하다며 좋아했다.

내 손에 들린 종이에는 이십 대 중반 청년의 얼굴이 뚜렷하게 그려져 있었다. 나는 그의 눈, 코, 입을 하나하나 자세히 살펴봤다.

이 아이가 내 아들이다.

종이 위에 그려진 아들의 얼굴 위로 빗물이 떨어졌다. 경기장을 나서면서부터 내리던 부슬비가 굵어지는 것 같았다. 나는 몸을 숙여 비를 가리고 종이에 묻은 빗물을 닦아냈다. 그리고 혹여 구겨질까 조심스레 다시 품 안에 넣었다.

"후."

나는 앞쪽에 줄지어 있는 차들을 보며 한숨을 내쉬었다.

아들을 만나러 가겠다고 마운드를 내려왔지만 대책은 없었다. 하지만 대책이 없기는 오늘 경기도 마찬가지였다. 경기가 이렇게 흘러갈 거라고는 아무도 예상하지 못했을 것이다. 투수가 공을 던지지 않으면 경기는 시작되지 않는다. 아들에게 무슨 말을 던져야 할지 모르지만 그 일을 할 사람은 나밖에 없다.

상습적인 정체구간인데다 인질사건까지 겹쳐 도로는 꽉 막혀 있었지만 오토바이 덕분에 9회 초가 끝나기 전 은행에 도착했다. 커피 한잔하며 숨을 돌릴 여유를 기대하진 않았지만 현장은 급박하게 돌아갔다. 폴리스라인 바깥으로 기자들이 진을 치고 있었고, 은행 맞은편 아파트 주민들은 구경거리라도 생긴 듯 다들 창문을 열고 현장을 바라보고 있었다. 휴대폰으로 현장을 촬영하는 사람도 많았다. 경찰특공대는 은행 건물 2층 벽 위에 나란히 매달려 창문을 깨고 돌입할 준비를 마친 상태였다.

청장은 전체 상황을 볼 수 있는 곳에서 심각한 얼굴로 은행 쪽을 응시하며 무관에게 보고를 받고 있었다. 나는 안내를 받아 그들에게 다가갔다.

청장이 나를 힐끗 보고 다시 은행 쪽으로 돌아서며 말했다.

"오셨습니까?"

"어떻게 되는 겁니까? 제가 뭘 하면 될까요?"

옆에 있던 무관이 대신 대답했다.

"아직은 뭘 하실 필요가 없습니다. 지금 우태진 씨가 나서면 오히려 폭주를 할지도 모르니까요."

"네? 여기까지 왔는데 필요가 없다니요? 뭐든 해야 하지 않습니까?"

"지금은 할 필요가 없다는 말입니다. 필요하면 당연히 저희가 말씀을 드리겠습니다."

"그럼 지금은 뭘 하고 있는 겁니까?"

"미국에 있는 양부모에게 연락을 했습니다."

"아."

따지듯이 질문을 퍼붓던 나는 무관의 말에 입을 다물었다.

당연한 수순이었다. 아들의 존재도 모르던 나보단 그들이 나서는 게 당연했다. 그들이야말로 진짜 부모니까. 나는 아들을 설득할 입장이 아니라 용서를 구하고 벌을 받아야 하는 사람이었다. 무관의 말대로 내가 나섰다간 오히려 화를 돋울 가능성이 컸다. 당장 9회 말이 시작되고 내가 마운드를 내려왔다는 걸 알게 되면 아들이 무슨 일을 저지를지 몰랐다. 나 자신이 한심했다. 도대체 여기 왜 온 건가 하는 생각까지 들었다.

"용케도 빨리 연락이 됐네요. 다행입니다."

나는 내 얼굴을 거칠게 쓰다듬으며 말했다.

"아드님은 미국인이니까요. 대사관 측에서 신속하게 움직여줬습니다. 하지만…"

하지만에 이어지는 무관의 말에 나는 정신이 번쩍 들었다.

"두 분 다 돌아가셨더군요."

"네?"

"얼마 전에 사고가 있었습니다. 병도 병이지만 아마도 그 일이 도화선이 된 것 같습니다. 하지만 설득할 만한 다른 사람을 찾았습니다."

"누굽니까? 양부모의 가족입니까?"

"비슷합니다."

"비슷하다니요?"

"다 말씀드릴 수는 없습니다."

"그럼 그 사람이 설득에 실패하면 어떻게 됩니까?"

"그다음 수도 준비되어 있습니다."

무관은 그다음 수라고 했다. '그땐, 우태진 씨가 나서주셔야죠'가 아니라. 나는 무관에게 나를 맡긴 채 은행 쪽만 바라보는 청장을 보았다. 나를 의도적으로 외면하는 것 같았다. 처음부터 그런 태도였다면 모를까 이제 와 저러는 것이 이상했다. 위화감이 든 나는 주변을 둘러봤다. 은행을 포위한 제복경찰들 사이로 특공대원 네 명이 이동하는 모습이 보였다.

"전화를 받았습니다."

무관이 청장에게 말했다.

아들을 설득하기 위해 누군가 은행으로 전화를 걸었고, 통화가 시작되었다는 것일 게다. 가슴이 뛰었다. 느낌이 좋지 않았다. 나는 다시 특공대원들 쪽을 살폈다. 그들은 묘하게도 한군데 모여 안쪽이 보이지도 않는 은행 창문을 향해 총을 들었다. 저격수가 여러 명일 수도 있지만 필요 이상으로 가까이 붙어 있다는 생각이 들었다.

'수비 시프트'다.

평상시 야수들은 경기장 전체에 넓게 퍼져 자신들의 위치에서 수비를 하지만 특정한 타자를 상대하기 위해서 변칙적인 이동을 하기도 한다. 극단적인 경우 1루와 2루 사이에 유격수와 3루수까지 네 명이 서는 것이다. 2루와 3루 사이는 텅텅 비워놓고 말이다. 당연히 비어 있는 쪽으로 치면 된다고 생각하겠지만 의외로 타구는 수비가 잔뜩 몰려 있는 쪽으로 간다. 상황과 타자의 특성에 맞춰 함정을 파고 유도를 하기 때문이다.

일반적인 상황이라면 저렇게 붙어 있을 이유가 없다. 정확히는 몰라도 저쪽에 아들이 있다는 확신이 있는 것이다. 어떻게?

전화다.

특정한 위치로 전화를 걸어서 아들의 위치를 유도하는 것이다. 이미 나온 사람들을 통해 인질들이 모여 있는 곳은 대략 파악이 되었을 것이다. 인질이 없을 법한 안쪽으로 아들을 유인하고, 만약 설득에 실패하면.

나는 옆에 있는 청장과 무관을 보았다. 이들은 아들을 구하기 위해 온 사람이 아니다. 범죄자를 잡는 프로다. 가급적 생포하려고 하겠지만 그게 힘들다면 최선이라고 판단되는 선택을 할 것이다.

확인하는 방법은 하나뿐이다. 나는 천천히 청장과 무관의 곁을 떠나 앞에 있는 특공대 쪽으로 이동했다. 가까이 갈수록 온몸이 스피커라도 된 듯 심장의 고동이 커졌다. 그 소리를 듣고 당장이라도 무관이 달려와 내 목덜미를 잡을 것 같았다. 나는 더 이상 다가가면 위험하다고 판단되는 지점에 멈춰 온 신경을 저격수들에 집중했다. 경기의 흐름이 바뀔 때처럼 한순간 공기가 달라졌다. 저격수들은 곧 도루를 시도할 타자처럼 몸을 움찔거렸다. 그들은 명령을 기다리고 있었다. 그리고 명령을 내릴 사람은 내 뒤에 있었다. 나는 뒤를 돌아봤다. 여전히 은행을 보던 청장이 나의 시선을 느끼고, 내 쪽을 보았다.

"쏠 겁니까?"

나는 소리 없이 입 모양으로 말했다. 청장의 눈이 부릅떠졌다. 잠시 내 눈을 뚫어져라 쳐다보던 그는 곧 내 손에 들린 야구공을 발견하고 손을 들어 나를 가리켰다. 대답을 들을 필요는 없었다.

나는 뒤돌아서 저격수가 겨냥하고 있는 창문을 향해 공을 들었다. 바다를 건너기 위해 수천, 수만 번을 던졌던 공. 바로 이 공이 내 인생이었다. 그물에 걸려서 허우적거리기만 했던 내 인생.

나는 기도했다. 단 한 번만 더 제대로 된 공을 던지게 해달라고, 드넓은 바다가 아닌 저 창문을 넘어가게 해달라고, 크고 화려한 무대가 아닌 아들이 있는 곳으로 나를 데려가달라고, 나를 그리고 저 녀석을 불쌍히 여겨달라고.

나는 온 힘을 다해 아들을 향해 공을 던졌다. 내 손을 떠난 공은 깊은 바닷속에서 솟아오르는 고래처럼 낮게 깔려가다 위로 솟구쳤다. 공은 창문을 깨뜨리며 안으로 들어갔다. 내 인생 최고의 투구였다.

기다릴 이유가 없어지자 창문 위에서 대기하던 특공대가 남은 창문들을 깨면서 일제히 돌입했다. 나도 그대로 뛰어가 깨진 창문을 뛰어넘어 안으로 들어갔다. 뒤에서 청장이 부르는 것 같았지만 돌아보지 않았다.

안으로 들어간 나는 몸을 납작 엎드렸다. 특공대의 진입과 동시에 전기를 끊어 은행 안은 어두웠다. 하지만 깨진 창문으로 거리의 빛들이 새어 들어와 완전한 암흑은 아니었다. 특공대원들은 전방을 주시하고 있었기에 나의 존재를 눈치채지 못했다. 어두운 실내에는 대원들의 총에서 뿜어져 나오는 빨간 빛줄기만이 어지러이 움직였다. 나는 주변을 둘러보려고 애를 썼다. 눈이 어둠에 익숙해지며 대원들 여럿이 사람들을 데리고 정문 쪽으로 가는 것이 보였다. 범인을 끌고 가는 분위기는 아니었다. 마지막으로 남은 인질들인 것 같았다. 나는 창구 안쪽을 살폈다. 아들의 모습은 보이지 않았지만 분산되어 움직이던 빨간 빛줄기들이 한 방향으로 모여들었다. 가장 안쪽에 있는 사무실이었다. 아들은 그곳에 있을 터였다. 바닥에 한쪽 무릎을 꿇고 있던 나는 눈치를 보며 조용히 몸을 일으키려 했다. 오른쪽 무릎에 익숙한 고통이 밀려왔다. 창문을 뛰어넘으며 부상이

도진 것 같았다.

이젠 정말 공은 못 던지겠구나.

나는 아픈 무릎에 손을 짚고 일어섰다. 고개를 들어 빨간 점들이
모여든 문을 봤다. 그 너머에서 자동소총으로 무장한 특공대원들과
대치하고 있는 아들의 손에는 어디서 구했는지도 모르는 권총 한
자루뿐이다. 하지만 위험한 건 아들을 겨누는 특공대원들의 총이
아닌 아들의 손에 쥐어진 총이다. 저 안이 지옥으로 변해버리기 전
에 아들을 데리고 나와야 했다. 아들의 손에 들린 총이 아들을 죽이
기 전에.

"우태진."

뒤에서 청장의 목소리가 들렸다. 그가 뒤따라 들어온 것이다.

나는 다시 한 번 그의 목소리를 출발신호로 삼아, 빨간 빛줄기들
이 가리키고 있는 문을 향해 달려들었다. 순간 특공대원들의 총구
가 나를 향하는 것이 느껴졌지만 나는 멈추지 않았다. 다시 "쏘지
마"라는 청장의 목소리가 들리는 것 같았다. 나는 그대로 부서진 문
과 함께 방 안쪽으로 쓰러졌다. 시멘트가 아닌 합판으로 만든 벽에
달린 문이라 다행이었다. 엎드린 상태에서 한쪽 팔을 뻗어 몸을 일
으키는데 문에 부딪힌 팔꿈치가 아파 그대로 다시 쓰러지고 말았
다. 고통을 참고 몸을 빙글 돌려 천장을 바라보며 누웠다. 심호흡을
하며 통증을 다스리는 동안 문이 떨어져나간 공간으로 특공대원들
의 총기에서 뻗어 나오는 불빛들이 쏟아져 들어왔다. 다시 몸을 일

으키려는 찰나, 뒤에서 누군가 나의 옷을 잡고 자기 쪽으로 끌어당겼다.

바닥에 끌리는 무릎과 팔꿈치 때문에 절로 비명이 나왔지만 이를 악물었다. 나는 곧 지점장의 책상 뒤편으로 옮겨졌다. 통증 때문에 눈물이 왈칵 쏟아졌다. 눈물에 흐려진 시야 위로 누군가의 얼굴이 불쑥 나타났다. 실내는 어두웠지만 얼굴이 보이지 않을 정도는 아니었다.

아내와 나 사이에는 아이가 없었다. 가끔 '아이가 있었다면 헤어지지 않았을까' 하는 생각을 했다. 자식이 부모와 닮은 건 당연하지만 막 태어난 아이에게선 부모와 닮은 모습을 찾기 힘들다고 들었다. 하지만 내가 처음으로 만난 아들은 젖먹이가 아닌 스물다섯의 장성한 청년이다. 거꾸로 올려다본 아들의 얼굴은 생경했지만 시간이 지나자 그림에서 보았던 아들의 눈, 코, 입이 분명히 보였다. 만화 속 주인공이 실물로 나타난 것 같았다. 어제까지만 해도 존재도 알지 못했던, 방금 전까진 그림으로만 보았던 아들이 내 앞에서 숨을 쉬고 있다. 전력으로 질주하다 막 3루에 슬라이딩으로 도착한 선수처럼 날숨과 들숨이 오갈 때마다 아들의 커다란 몸이 들썩거렸다. 상의로 입은 하늘색 바람막이 점퍼엔 깨진 유리조각이 붙어 반짝거렸다. 다행히 내가 던진 공에 맞거나 다친 것 같지는 않았다.

아들은 나보다 더 놀란 듯했다. 뉴스에서만 보던 사고뭉치가, 방금 전까지 티브이 속에서 공을 던지던 인간이, 태어나 처음 보는 아버지가 갑자기 눈앞에 나타났으니.

그녀를 닮은 커다란 눈을 몇 번이나 끔뻑거리며 나를 보던 아들은 마침내 부정할 수 없는 나의 존재를 받아들이고 말했다.

"당신이 왜 여기 있어?"

나를 '당신'이라고 부른 아들은 다시 바깥쪽을 보며 특공대의 동태를 살폈다. 아들을 살려보겠다고 달려왔지만 막상 낯선 아들을 보자 무슨 말을 해야 할지 몰랐다.

당장 들이닥칠 기미는 보이지 않았는지 아들이 다시 나를 보았다. 아들은 공을 들어 보였다. 내가 던진 공이 분명했다.

"이 공, 당신이 던진 거예요?"

나는 뭔가 말하고 싶었지만 고개만 끄덕였다.

"뭐야, 도대체, 경기는 왜 내려온 거야? 어디 다쳤어요?"

나는 이번엔 고개를 세차게 가로저었다. 그런 자신이 너무 바보 같아서 내가 내 뺨이라도 치고 싶었다.

"근데 왜 왔어요? 내가 뭐라고 했는데?"

누군가 죽는다고 했지.

아들이 내 머리에 총을 겨누며 외쳤다.

"누구 맘대로, 누구 맘대로 포기를 해!"

"포기하지 않았어!"

나는 버럭 소리를 질렀다.

이게 내가 스물다섯의 아들에게 처음으로 한 말이었다. 날 겨누는 총이 무서워서가 아니었다. 진짜였다. 난 포기하지 않았다. 포기하지 않으려고 이곳에 왔다.

"그러니까 너도 포기하지 마."

내가 말했다.

아들은 무슨 생각을 하는지 알 수 없는 눈빛으로 아무런 말도 없이 나를 바라봤다. 아들의 손에 매달린 총이 흔들렸다.

그때, 그녀도, 나도 물려준 적이 없는 붉은 점이 아들의 옆머리에 나타났다. 나는 두 손을 뻗어 아들의 멱살을 잡아 끌어당겼다. 아들은 균형을 잃고 그대로 앞으로 쓰러졌다. 나는 고통을 참고 바닥에 누운 아들 위로 몸을 날렸다. 그사이, 특공대원들이 안쪽으로 우르르 들어왔다.

청장의 목소리가 들렸다.

"잘했어! 우태진이 그대로만 있어!"

하지만 나는 중요한 걸 잊고 있었다. 위험한 건 특공대원들의 총이 아니라 내 아들의 손에 들린 총이라는 것을. 내 밑에 깔린 아들은 한 손으로 내 허리를 두르고 나를 방패로 삼았다. 그리고 남은 손으로 자신의 머리에 총을 겨눴다.

"아, 안 돼!"

나는 총을 향해 손을 뻗었지만 내 손은 갓난아기가 허공을 휘젓듯이 총 주변만 맴돌았다. 총을 든 아들의 손을 함부로 잡을 수가 없었다.

"포기하지 말라고? 이제 와 나타나서 포기 안 하면 어쩔 건데! 뭐가 달라지는데요. 말해봐요. 내가 왜 살아야 되는지 말해봐요!"

총으로 자신의 머리를 짓누르며 말하는 아들의 얼굴은 우는 것 같기도 하고, 웃는 것 같기도 했다. 화를 내는 것 같기도 하고, 사정을 하는 것 같기도 했다. 아버지 앞에서 배트로 유리창을 깨부수며 '왜 내가 계속 야구를 해야 하는지 말해보라'고 소리쳤던 나처럼 아들은 이 고통 속에서 계속 살아야 하는 이유를 구하고 있었다. 무슨 말이든 해주길 바랐던 나를 두고 아버지는 나가버렸지만 난 그럴 수 없었다.

온몸으로 아들을 향한 붉은 점들을 막아내면서 나는 오래전에 들었던 생일축하 노래와 한 사기꾼의 말을 떠올렸다. 무슨 말을 해야 할지 몰랐던 나는 그 말이 답임을 알았다. 마치 언젠가 이런 질문을 들을 것을 알고서 내게 가르쳐준 것 같았다.

그녀와의 하룻밤 이후로 나는 그 말을 입에 담은 적이 없었다. 저주에 걸리게 하는 주문처럼 그 말을 입 밖으로 내는 것이 두려웠다. 진심이 담기지 않은 말 한마디가 그날 밤처럼 모든 것을 엉망으로 만들까 봐.

대신 나는 하루 종일 그물을 향해 공만 집어던졌다. 그것만이 나의 잘못을 바로잡는 길이라고 여겼다. 덕분에 나는 열여섯에 뉴스에 나왔고, 스물넷에 전 국민이 아는 스타가 되었다. 하지만 내가 공을 던지며 가장 행복했던 순간은 뉴스에 나왔을 때도, 금메달을 땄을 때도, 한국시리즈에서 우승했을 때도 아니었다. 처음 야구공을 쥐고 아버지의 미트를 향해 공을 던졌을 때, 아버지가 내가 던진 공을 잡고 일어서며 환하게 웃었을 때, 그때가 가장 행복했다. 나는 사랑받고 싶었다. 그래서 공을 던졌다. 야구를 하기 위해 태어났다는 말이 아니라, 사랑한다는 말이 듣고 싶었다. 하지만 끝끝내 나와 아버지는 그 말을 주고받지 못했다. 내 인생을 망친 건 고장 난 몸이 아니라 깨져버린 마음이었다.

사랑한다. 너는 사랑받기 위해서 태어난 소중한 사람이다.

이 말을 해줘야 했다. 듣지도, 해보지도 못한 이 말을 스물다섯의 아들을 처음 만난 자리에서, 진심을 다해 말해야 했다. 그 어떤 강타자를 상대하는 것보다 어려운 일처럼 느껴졌다. 그날 밤처럼 이 순간을 넘기기 위한 말이라면 그 헛된 말이 아들의 머리를 겨누고 있는 총의 방아쇠를 당길 것이다.

나는 던지는 법을 잊어버린 투수처럼 아들을 바라보았다. 입을 열어 소리를 내어보려고 했지만 혀는 제 역할을 못하고 비걱거렸다. 아무리 애를 써도 사랑한다는 그 흔해빠진 말이 내 입에선 나오지 않았다. 아들에게 그 한마디를 하지 못하는 내가 안쓰럽고, 아버지에게 그 한마디를 듣지 못하는 아들이 불쌍했다.

그 순간, 산산이 깨져버린 창문을 넘어 부드러운 바람이 은행 안으로 불어왔다. 바람은 부서져버린 문을 지나 나의 얼굴을 스치고 지나갔다.

"돈은 필요 없습니다."

너클볼을 가르쳐준 푸른 눈의 스승은 그렇게 말했다.

한때 메이저리그에서 활약했던 사람이 동양의 퇴물 투수를 위해 다섯 시간이나 비행기를 타고 와서는 공짜로 너클볼을 가르쳐주겠다는 것이었다. 나는 그가 사기꾼이라고 생각했다. 하지만 그는 정말로 아무런 대가 없이 너클볼을 전수해주었다.

좀처럼 이해를 하지 못하는 나에게 그가 말했다.

"너클볼은 누구나 던질 수 있는 공입니다. 바람에 자신을 맡길 용기만 있다면 말이죠."

"그래도 던지는 법을 가르쳐주셨잖아요. 그런데 공짜라고요?"

"너클볼은 제 것이 아닙니다. 그런데 어떻게 제가 그것을 팔겠습니까?"

"그럼 누구 겁니까? 창시자가 있지 않습니까?"

"…바람은 누구의 것입니까?"

그는 내 집요한 물음에 시원한 바람이 불어오는 하늘을 바라보며 말을 이었다.

"거저 주어진 것을 누릴 뿐입니다. 그리고 그것을 다른 이들과 나눌 뿐이죠. 원래 정말 소중한 것들은 다 공짜랍니다. 사랑도 그렇지요. 알고 있습니까? 우리는 이미 넘치도록 사랑받고 있답니다. 한 줄기 바람에서도 그것을 알아채는 사람이 있지요."

바람을 음미하듯 눈을 감고 있던 그가 다시 나를 보며 말했다.

"하지만 공짜라고 해서 가치가 없는 것은 아니지요. 너클볼을 싸구려로 만들지 마십시오. 그거면 됩니다."

플로리다의 파란 하늘 위에서 불던 바람이, 건너지 못한 바다와 돌이킬 수 없는 시간과 깨진 유리창과 부서진 문을 지나 그의 말을 다시 내게 전해주었다.

바람은 어디에나 불었다. 하지만 너클볼을 던지는 사람은 언제나 적었다. 한줄기 바람 속에서도 사랑을 느끼는 사람은 흔치 않았다. 공짜로 주어졌기에 소중함을 몰랐다. 주어진 재능에 감사할 줄 모르고, 오만하게 살아왔다. 값없이 얻은 젊음을 낭비했고, 소중한 사람들을 상처 입혔다. 그 대가로 힘겹게 쌓은 모든 것이 인생의 거센 바람 앞에 무너져버렸다.

이젠 다 끝났다고 생각했는데 아직도 바람이 분다. 더 빼앗아 갈 것이 무엇이냐고 소리치는 내게, 너는 잃은 것이 없다고 말한다. 소중한 것은 아직도 네 안에 있다고, 너는 여전히 사랑받는 존재고, 소중한 사람이라고, 수많은 실수와 후회의 시간을 되돌릴 수는 없지만 너는 아직도 사랑할 수 있다고. 너뿐 아니라 지금 너의 앞에 있는 아들도.

"사랑한다."

내 입에서 나온 그 낯선 말이 나를 닮은 아들의 귀에 닿았다. 공이 배트를 피해 포수의 붉은 미트에 박힐 때처럼 내가 던진 말에 아들의 심장이 출렁거리는 소리가 들리는 듯했다. 아들은 너클볼을 처음 본 타자처럼 방금 그 공은 대체 뭐야 하는 눈빛으로 말했다.

"…뭐라고요?"

"사랑한다."

내가 다시 말했다.

"사랑한다고?"

아들은 분명히 듣고도 되물었다.

"그래, 넌 내 아들이니까."

"거짓말. 날 알지도 못했으면서."

똑같다. 이 녀석은 내 아들이 분명했다. 믿을 수 없다는 듯, 하지만 믿고 싶다는 얼굴로 나를 보는 아들은 사랑을 갈구하면서도 사랑을 믿지 못하는 나와 지독하게 닮았다.

"안 돼! 나처럼 되면 안 돼!"

"…."

"우리는 이렇게 살라고 태어난 게 아니야."

"그럼 어떻게 살아야 되는데요? 나는 이제 아무것도 못하게 돼요. 아무것도 남지 않는다고요."

"아니야!"

나는 아들의 뺨에 양손을 대며 말했다.

"아니야. 너는 소중한 사람이야. 뭘 해서가 아니야. 네 모습 그대로 귀한 사람이야. 이걸 믿어야 돼. 나는 믿지 못했어. 그래서 이런 인생이 되고 말았어. 넌 나처럼 살면 안 돼."

내 말을 듣고 있는 아들의 뺨에서 온기가 느껴졌다. 땅 위에 떨어진 눈이 녹아내리듯 내가 건넨 말들이 뺨 위에서 녹아 아들의 마음속으로 스며드는 것 같았다.

"미안하다. 널 모르고 살아서 미안해. 하지만 이제 알았으니 사랑할 거야. 네가 어떤 모습이든 나는 너를 사랑하고, 소중히 여길 거야. 그러니까 살아주면 안 되겠니? 내 아들로 살아주면 안 될까?"

신기했다. 그토록 어려웠던 사랑한다는 말이, 하면 할수록 점점 더 쉬워졌고, 하면 할수록 사랑의 마음이 더 깊어졌다. 나는 아들을 끌어안고 이제 막 태어난 아이를 받아 든 아빠처럼 울어버렸다.

그 순간, 총을 든 아들의 팔이 힘없이 땅으로 떨어졌다. 아들의 입에서 오랜 세월 참아왔던 작은 신음이 새어나왔다. 아들은 갓난아이처럼 눈을 감고, 입을 벌리고, 소리 없이 울었다. 나는 탯줄을 잘랐어야 하는 손으로 아들의 손에서 총을 떼어놓았다.

"나가자. 여기서."

지켜보던 특공대원들이 달려들어 나를 일으키고, 아들을 엎드리게 해 제압했다.

"아파요! 아픈 애예요!"

내가 소리치자 청장이 나섰다.

"내가 데리고 가지."

청장과 무관이 아들의 양옆을 지켰다.

나는 입고 있던 야구점퍼를 벗어 수갑을 찬 아들의 얼굴을 덮었다.

아들을 따라 정문으로 나서는 길이 경기장으로 나서는 복도 같았다. 은행을 나서는 순간부터 세상의 눈이 우리를 뒤쫓고, 세상의 입이 우리를 집어삼키려들 것이다. 세상 모두가 우리의 인생은 끝났다고 이야기할 것이다.

하지만 프로가 되기 전 내 스카우트 리포트엔 오늘의 모습은 적혀 있지 않았다. 그들이 예상했던 완벽한 인생은 나에게 오지 않았다. 그것이 정말 완벽한 인생이었는지도 모르겠다. 나는 최고의 야구선수가 되기 위해 태어난 것이 아니다. 나는 사랑하고, 사랑받기 위해 태어났고 아직 내게는 남은 인생과 아들을 사랑할 기회가 남아 있었다.

밖으로 나가자 우의를 입고 대기하고 있던 취재진들의 카메라가 일제히 우리 쪽을 향했다. 비에 젖은 땅 위에서 빛의 세례가 우리의 머리 위로 쏟아졌다. 기자들이 질문을 퍼부으려 했다. 세상의 눈과 입이 무섭게 우리를 향해 달려들던 그때, 잠실야구장 위에서 폭죽이 터졌다. 모두가 하던 일을 멈추고 뒤를 돌아 하늘을 올려다봤다.

밤하늘에 불꽃이 피었다.

22

아웃카운트 하나

수요예배가 어떻게 시작되었는가에 대한 흥미로운 풍문을 들었다. 시작은 1907년 평양에서 열린 한 집회에서부터였다고 한다. 단상에 오른 백인 선교사는 하라는 설교는 하지 않고, 누구도 묻지 않은 고백을 했다.

"나는 당신들을 경멸했다. 아무리 말씀을 가르쳐도 당신들의 삶에 변화가 없는 것은 당신들이 무식하고, 미개한 민족이기 때문이라고 생각했다."

의사 출신의 엘리트였던 선교사는 겉으로는 하나님의 사랑을 전한다고 하면서도 속으로는 조선인들을 무시했던 자신의 위선을 조선인 천오백 명 앞에서 꺼내놓았다. 그는 하나님의 사랑으로 당신들을 품지 못한 자신이야말로 진짜 죄인이라며 눈물을 흘렸다.

어떤 일이 벌어졌을까. 다 들고일어나 자신들을 멸시했다고 고백한 선교사를 몰아냈을까.

선교사가 말을 마치자 그 일대에서 존경받았던 장로가 단상 앞으로 나왔다. 그는 모두를 대표해 선교사를 공격하는 대신 자신이 친구의 유산을 착복했다고 밝혔다. 장로뿐 아니다. 그곳에 모인 사람들은 화를 내기는커녕 선교사와 장로를 따라 자신들의 죄를 한 명씩 고백하기 시작했다.

"나는 이웃의 돈을 14전 훔쳤습니다."

"나는 첩을 두 명이나 두고, 아이들과 아내를 돌보지 않았습니다."

"나는 매일 술만 마시며 병에 걸린 아내에게 죽어버리라고 저주를 퍼부었습니다."

사람들은 줄지어서 자신들의 차례를 기다려 모두의 앞에서 자신의 죄를 고해바쳤다. 그리고 울며 용서를 구했다. 죄인들의 행렬은 줄어들 줄 몰랐고, 다음 날 새벽까지 이어졌다. 마침내 선교사는 집회를 멈추고 집으로 돌아갔다가 조만간 다시 모이자고 말했다. 하지만 죄인들은 하루가 멀다 하고 다시 모여들었다. 밤이나 낮이나 죄인들의 참회가 이어졌다. 그리고 예배가 끝나면 집으로 돌아가

훔친 돈을 갚고, 잘못했던 이에게 찾아가 용서를 구했다. 이게 금요 철야와 새벽기도, 그리고 수요예배의 시초라는 것이다.

나에게 범죄현장은 평생을 누빈 일터였다. 그중엔 정말 여기가 지옥이구나 싶은 곳도 있었다. 쏟아진 물처럼 피가 흥건하고, 그 피에 엉긴 칼이 있고, 그 칼에 찔려 죽은 시체가 있는 곳. 그를 죽인 사람은 가까운 친척이었고, 피를 나눈 친척이 칼을 휘두른 이유는 로또 당첨금 때문이었다. 놀랍게도 범인은 자신이 잘못했다고 생각하지 않았다. 법정에 서서는 후회했지만 일을 저지르던 순간만큼은 죽일 만했으니 죽였다고 생각했다. 그뿐 아니라 내가 만나본 대부분의 범죄자들은 죄수복을 입고 있으면서도 죄인이라는 의식이 없었다. 알고 보면 교도소 안이나 밖이나 다 똑같은 인간들인데 그저 자신들이 운이 없어 잡혔을 뿐이라는 것이다.

그 수요일 밤, 그곳엔 분명히 죄인들이 있었다. 죄인은 총을 들고 은행에서 인질극을 벌였다. 그의 안엔 갈 곳 없는 분노와 슬픔이 가득했다. 그는 자신이 그런 짓을 벌일 만하다고 생각했다. 세상은 악으로 가득하고, 무슨 짓을 해도 달라질 것은 없다고 여겼다. 여기까진 다를 게 없다. 비극의 현장이 되기에 적합한 장소였다.

하지만 지옥의 입구가 될 수도 있었던 그 문을 또 다른 죄인이 부수고 들어가자 그 공간은 전혀 다른 곳이 되었다. 따뜻한 집에 들어서는 순간, 방금 전까지 몸을 떨게 했던 추위가 순식간에 물러가듯 모든 게 변해버렸다. 마침내 태진이 태양에게 사랑한다고 말했을 때, 흉물스럽게 깨진 창과 흩어진 유리파편들이 가득한 그곳은 우리가 잃어버린 천국처럼 보였다.

그 사건을 마지막으로 나는 청장 임기를 마치고 물러났다. 퇴임 전날, 책상을 정리하며 십자가에 달린 예수 조각상을 집어 들었다. 정교한 작품이었지만 실은 엉터리였다. 양손과 발에 못을 박아서는 몸무게를 지탱하지 못한다. 실제로는 손목의 뼈에 못을 박았을 것이다. 그리고 발등이 아니라, 양 발목과 십자가 기둥을 나란히 해서 생선을 꿰듯 발목의 뼈를 관통해 못을 쳤을 것이다. 그렇게 고정시켜도 십자가에 달린 몸은 시간이 갈수록 아래로 처지게 된다. 양팔이 들린 상태로 가슴이 내려가면 숨을 쉬기가 힘들어진다. 그럼 죄수는 순간적으로 고통을 참고 다시 몸을 끌어올린다. 하지만 편해지는 건 잠시뿐, 다시 몸은 아래로 내려간다. 그것을 반복하면서 서서히 죽어가는 것이 십자가형이다. 서른셋의 나이에 아무런 죄도 없이 십자가에 달려 죽어가면서 예수는 다 이루었다고 말했다. 그가 그런 꼴을 당하면서도 다 이루었다고 말했던 것은 그 일을 하기 위해 이 땅에 왔기 때문이다. 할 일을 다 했으니 다 이루었다고 할 수밖에.

사람들은 나에게 경찰로서 모든 것을 이뤘다고 했지만 경기가 끝나도 삶은 계속되는 것처럼 은퇴 후에도 살아가야 할 인생이 있었다. 나는 우태진이 그랬던 것처럼 지옥의 입구 같은 문들을 부수고 싶었다. 그리고 그날 밤처럼 그곳에 작은 천국이 임하게 하고 싶었다. 나는 목사를 찾아가 선교를 떠나겠다고 선언했다. 목사는 반기기는커녕 당황해했다.

"너무 감정적으로 결정을 내리시면 후회할 수도 있습니다."

하지만 나는 단호하게 말했다.

"우리나라에 야구가 들어온 것도 선교사를 통해서 아닙니까. 야구를 통해 예수의 사랑을 전하겠습니다."

그리하여 나는 야구 불모지이자 내전의 상처를 안고 있는 캄보디아로 야구 선교를 떠났다. 청장 시절에 알고 지내던 야구 관계자들을 통해 용품을 지원받고, 경찰청 출신의 프로선수들에게 모금도 받았지만 그것만으로는 부족해 내 사비도 털어야 했다. 하지만 아깝지 않았다. 내가 해야 할 일이었으니까.

기자들이 나의 이야기를 취재하며 '봉사'나 '헌신' 같은 단어를 사용할 때마다 나는 웃었다. 그런 거창한 단어를 붙일 일이 아니었기 때문이다. 이것은 내가 좋아서 하는 일이었다. 해야 할 일과 좋아하는 일이 하나로 이어진다는 것은 얼마나 큰 축복인가. 경찰청장이란 자리에 올라 인맥을 쌓고, 영향력을 갖게 된 것도 이 일을 하기 위해서인 것 같았다. 야구장 시설은 형편없었지만 아이들과 운동장에서 뒹굴다 보면 시간 가는 줄 몰랐다. 나는 아이들과 야구를 하기 위해 좋아하던 술도 끊고 현직 경찰일 때보다 더 열심히 몸을 단련했다. 아이들을 보고 있으면 뭐라도 더 해주고 싶었다.

프로선수들을 데려올 수 없다면 우태진이라도 불러 너클볼을 가르쳐야겠단 생각을 하던 차에 일주일 전쯤 녀석에게 연락이 왔다. 아직 라이트 시설을 갖추지 못한 야구장에 노을이 질 무렵이었다. 나는 반갑게 전화를 받았지만 그가 전한 소식은 반갑지 않았다.

"다 왔습니다, 손님."

기사가 말했다.

빙판 위를 미끄러지듯 달리던 택시가 병원 앞으로 들어서며 급격히 속도를 줄였다.

나는 급히 택시에서 내려 병원 안으로 들어갔다. 칠 층짜리 개인 요양병원이었다. 로비에는 작은 엘리베이터가 두 대 있었지만 사람이 많아 타기가 어려웠다. 나는 비상계단으로 향했다. 계단을 오르며 태진에게 전화를 걸었다. 신호가 가고, 곧 너무나 선명한 휴대폰 진동소리가 내 귀에 들렸다. 나는 걸음을 멈추고 위를 올려다봤다.

한 남자가 벽에 기대어 울고 있었다.

23

아웃카운트 둘

　너희들은 아마도 유니폼을 입었을 때와 벗었을 때의 차이점을 모를 거다. 유니폼을 벗고 났을 때의 인생이 어떤지 아는가? 마음이 쓰라리다. 나는 그런 생각을 한다. 만약에 인생 전부를 바친 그라운드에서 물러나 문을 잠그고 벽에 기댔을 때 주체할 수 없는 눈물을 흘린다면 그 선수는 야구를 진정 사랑한 것이라고.

　암으로 세상을 떠난 전설적인 투수 최동원이 남긴 말이다. 나는 유니폼을 벗는 순간에도 이 말을 온전히 이해하지 못했다. 마음이 쓰라릴 여유조차 없었기 때문이다. 나는 아들과 함께 살아가기 위해 발버둥을 쳐야 했다.

은행 강도는 중범죄지만 돈을 노린 범죄가 아니란 점이 인정되어 아들은 집행유예로 풀려났다. 인질로 잡혔던 사람들 상당수가 탄원서를 써주었고, 경찰도 아들이 금품을 노리거나 인질을 다치게 할 의도를 보이지 않았다고 증언해주었다. 특히 마지막까지 아들과 함께 남았던 세 명은 방송이나 신문 인터뷰를 통해서 아들의 선처를 호소하고 직접 법정에 나오기까지 했다. 하지만 결정적이었던 것은 아들의 병이었다. 점점 좁아지는 육신의 감옥에 갇힐 아들을 벽에 가둘 수는 없었던 것이다. 최종판결은 징역 삼 년에 집행유예 오년. 하지만 아들은 오 년을 버티지 못했다.

주머니에서 휴대폰을 꺼내 시간을 확인해봤다. 임종실을 떠나온 지 겨우 오 분. 이 오 분이 지난 삼 년보다도 길고 괴롭게 느껴졌다.

아들과 함께한 세월은 결코 쉽지 않았다. 누구나 너클볼을 던질수 있는 것처럼 누구나 사랑하며 살아갈 수 있지만, 훌륭한 너클볼투수가 되기 위해서 끊임없는 훈련이 필요하듯 사랑에도 지속적인 노력이 있어야 했다.

아들과 나는 원래 하나였으나 오랜 세월에 걸쳐 떨어져버린 대륙들처럼 넘지 못할 바다를 사이에 두고 있었다. 내가 아들에게 가기도, 아들이 나에게 오기도 어려웠다. 게다가 아들의 세상은 바다 밑으로 조금씩 가라앉고 있었다. 아마 아내가 없었다면 포기하고 말았을 것이다.

다시는 아내를 보지 못할 거라고 생각했던 나는 내 발로 아내를 찾아갔다. 애초에 자격이 있어서 아내가 나를 사랑한 게 아니란 걸 알았기 때문이다.

아무런 자격이 없다는 걸 알지만 나는 당신이 필요하다.

나는 아내를 찾아가 이렇게 말했다.

바보 같은 아내는 바보 같은 나에게 다시 돌아왔다. 아내를 더 이상 바보로 만들지 않기 위해, 나도 더 이상 바보짓을 하지 않겠다고 다짐했다.

돌아온 아내는 나와 아들 사이를 잇는 다리가 되어주었다. 때론 거센 파도가 다리를 덮쳤지만 아내는 요동하지 않았다. 하지만 병이 진행되면서 아들이 나에게 오는 길은 조금씩 힘겨워졌다. 그럴수록 내가 더 다가서려 했지만 아들의 근육이 힘을 잃어가며 나 또한 무력감에 빠져들었다. 몸이 불편한 아들의 요구가 점점 많아졌지만 나는 아들이 보내는 사인을 읽어내지 못했다. 나는 아들이 받지 못할 공만 던져 아들을 힘들게 했다. 그럴 때마다 자책감에 시달렸다. 마운드가 무덤처럼 보여 경기에 나가는 것이 두려웠던 시절처럼 나는 죽어가는 아들의 얼굴을 보는 것이 무서웠다. 도망치고 싶었다.

병원 옥상 벤치에 앉아 방금 홈런을 맞은 것 같은 얼굴로 땅만 보고 있었는데 어찌 알았는지 아내가 찾아왔다. 나는 마음을 들킬까봐 억지 미소를 지으며 아내를 맞이했다. 아내는 내 옆에 앉아 한동

안 아무런 말도 없이 해가 뉘엿뉘엿 지는 하늘만 바라봤다.

책망하는 것 같은 침묵을 견디지 못해 자리에서 일어서자 아내가 불쑥 물었다.

"만약 태양이가 그날 나타나지 않았다면 어땠을까요?"

"어?"

"당신과 태양이가 서로의 존재로 모르는 채 평생을 살아갔다면, 그래서 그날 밤 당신이 퍼펙트게임으로 경기를 마무리했다면, 당신 인생은 어떻게 됐을까요?"

"무슨 소리를 하는 거야, 쓸데없이."

"다음 날 신문에 '우태진, 기적을 일으키다' 이렇게 대문짝만하게 나오지 않았을까. 예쁜 여배우랑 재혼도 하고."

아내가 놀리듯 웃으며 말했다.

"아유, 재미없어. 나 먼저 들어가요."

나는 질색을 하며 자리에서 일어났다.

아내가 돌아서는 나에게 말했다.

"내가 왜 돌아왔는지 알아요?"

그 말에 나는 우뚝 멈춰서고 말았다. 아내가 일어나는 소리가 들렸지만 나는 돌아보지도 못했다. 아내가 내 앞으로 와서 말했다.

"다들 말렸어요. 고생만 할 거라고. 그리고 결국 똑같은 이유로 다시 헤어질 거라고. 근데 나 그 경기를 봤거든요. 당신 마지막 경기. 야구선수 아내였으면서도 야구는 잘 몰랐지만 그날 당신 완전히 다른 사람이 된 것 같았어요. 그날 마운드를 지켰던 남자라면 괜찮겠다고 생각했어요."

무슨 말을 하려나 초조하게 기다리던 나는 아내의 말에 쑥스러워 얼굴을 붉혔다.

아내는 그런 나의 어깨에 손을 올리며 말했다.

"기적을 일으키라는 게 아니에요. 그날처럼 할 수 있는 것을 하세요. 그걸로 충분해요. 할 수 있죠?"

나는 고개를 끄덕였다.

빙긋 웃으며 돌아서는 아내의 모습이 패닉에 빠진 투수를 격려하고 마운드를 내려가는 백전노장 감독 같았다.

마운드에서 물러나려고 했던 날의 기억을 떠올렸다. 내가 할 수 있는 일이란 거의 없었다. 아들은 눈만 깜빡일 뿐 누워서 팔다리도 움직이지 못했다. 사인을 내기도 힘들고, 낸다 한들 알 수도 없었다. 아들은 죽어가고 있었고, 나는 손을 쓸 수가 없었다. 나에게 남은 건 그날처럼 너클볼을 던지는 것뿐이었다. 도망치지 말고, 내가 하겠다는 마음을 버리고, 믿음을 갖고 공을 던진 후 바람의 뜻에 맡기는 것이었다. 나는 너클볼을 던지는 마음으로 아들을 간호했다. 엉뚱한 실수들이 이어졌지만 어쩔 수 없었다. 내가 할 수 있는 일은 마지막까지 아들을 사랑하는 것뿐이었다.

놀랍게도 그날의 기억은 그날의 기적을 다시 불러왔다. 결코 편안한 날은 없었지만 그 전쟁 같은 나날들 속에서도 우리는 평안했다. 그건 퍼펙트게임보다도 어려운 일이었다. 하지만 기적에도 끝은 있었다.

마침내 마지막 회가 찾아온 날은 꽃샘추위가 기승을 부리던 봄이었다. 아내와 나는 서로 손을 맞잡고, 다른 손으로 각각 아들의 손을 잡았다. 숨을 쉬기가 힘들어진 아들은 호흡기를 달고 있었다. 회생의 가능성은 없었다. 곧 아들의 인생이 끝날 터였다. 언제나 한결같은 모습으로 우리를 붙들어주었던 아내가 울먹거렸다. 그 모습에 나는 견디지 못하고 임종실 밖으로 나와버렸다. 모든 것이 내 잘못 같았다. 지나가는 사람들마다 나를 보고 손가락질을 하는 듯했다.

최선을 다했다고? 결국 네 마음 편해지려고 애썼을 뿐이지.

사람들이 하지도 않은 말들이 나를 쫓아왔다. 나는 도망치듯 비상구 문을 열고 비상계단으로 나갔다. 문을 닫아걸고 벽에 등을 기댔다. 등을 통해 차가운 바깥 세계의 기운이 전해졌다. 갑자기 주체할 수 없는 눈물이 흘렀다. 곧 아들의 인생이 끝날 그때에 나는 비로소 선배가 했던 말이 어떤 의미인지를 깨달았다.

나는 아들을 사랑했다.

이 쓰라린 마음은 온 마음을 다해 뭔가를 사랑해본 사람만이 느낄 수 있는 것이었다. 나는 내 병든 마음이 고쳐졌음을 알았다. 점점 멈춰가는 아들의 몸을 돌보는 동안 굳어진 내 마음이 뛰어난 투수의 폼처럼 부드러워진 것이다.

마지막까지 사랑하며 살아가는 사람이 진짜 챔피언이다.

샘의 말이 떠올랐다. 울고 있을 때가 아니었다. 아직 사랑할 시간이 남아 있었다.

눈물을 닦고 돌아서려는데 아래쪽에서 누군가 올라오는 소리가 들렸다. 그리고 곧 내 휴대폰이 울렸다. 그와 동시에 발소리가 멈췄다. 아래를 내려다보자 전직 경찰청장이자 이제는 캄보디아 소년야구단의 감독이 된 종철이 나를 보고 서 있었다.

"늦었나?"

그가 말했다.

나는 고개를 저었다.

"따라오세요."

나는 비상구 문을 열어 복도로 나갔다. 그리고 바로 임종실로 향했다. 그날처럼, 허겁지겁 뒤따라오는 종철의 목소리가 들렸다. 하지만 나는 멈추지 않았다. 임종실의 문을 열고 들어가자 아내는 여전히 아들의 손을 잡고 있었다. 아내가 나를 보며 책망하듯 말했다.

"어딜 갔다 와요?"

나는 아내에게 다가가 부드럽게 그녀의 어깨를 감싸 안았다. 그리고 그녀에게 말했다.

"괜찮아요."

그녀는 눈물이 글썽글썽한 눈으로 나를 의아하게 바라봤다. 나는 불안한 얼굴을 하고 마운드로 뛰어올라온 감독을 진정시키듯 미소를 지어 보였다.

괜찮다. 완벽한 게임에도 끝은 있다. 죽음은 패배가 아니다. 아들의 인생은 분명 마지막 카운트다운을 하고 있지만 지금은 무기력한 패배를 받아들이는 순간이 아니다. 승리를 눈앞에 두고 마지막 아웃카운트 하나를 잡기 위해 최고의 공을 던질 때다. 그러니 나는 울지 않겠다. 눈물은 승리한 후에 마음껏 흘리겠다.

더 해줄 것이 없을까.

나는 마지막 공을 던지기 위해 아들의 눈을 바라보았다. 아들의 눈이 희미하게 흔들리는 것 같았다. 무슨 뜻인지는 알 수 없었다. 하지만 나는 머릿속에 떠오르는 생각을 붙잡아 움직였다. 나는 창문을 열었다.

"추울 텐데."

아내가 울음이 섞인 목소리로 말했다.

나도 알았다. 하지만 잠시의 어둠이 찾아오기 전에 빛을 보여주고 싶었다. 아들이 갈 곳 또한 빛으로 가득할 것이니 두려워하지 말라고, 다시 눈을 뜨면 너는 빛 가운데 있을 거라고 말해주고 싶었다. 창문을 통해 겨울 햇살이 안으로 들어왔다. 나는 아들과 눈을 맞추었다. 그리고 아들의 눈이 무엇을 말하는지 들으려 애썼다.

뒤따라 온 종철이 벌컥 문을 열고 들어왔다.

그 순간, 봄이 이미 왔다는 걸 알려주는 따뜻한 바람이 병실 안으로 불어왔다.

아들의 눈이 감겼다.

24

아웃카운트 셋

그는 '사랑한다'고 말했다.

아빠가 되어본 적은 없지만 아이가 태어난다면 아마 그런 표정으로 사랑한다고 말하지 않을까. 그렇다. 그는 진심으로 나에게 사랑한다고 말했다. 이제 막 태어난 아들을 보고 말하듯이.

어떻게 그런 것이 가능한지 궁금했지만 나는 이내 내가 같은 일을 경험해봤다는 것을 깨달았다. 빌리와 헬렌의 입장도 다를 바가 없었던 것이다. 그들이 처음 나에게 사랑한다고 말했을 때, 우리는 아직 말도 통하지 않는 사이였다. 하지만 그들은 이미 나를 사랑하고 있었다. 나는 막연히 빌리와 헬렌이 워낙 사랑이 많은 사람들이었기에 가능했던 일이라고 생각했지만 두 사람과 그 사이엔 아무런 차이도 없었다. 빌리와 헬렌이 말도 통하지 않는 동양의 꼬마 아이를 아들로 받아들이고 사랑하기로 결단했던 것처럼 그 역시 갑자기 나타난 스물다섯의 아들을 받아들이고, 사랑하기로 결단했던 것뿐이다. 그는 그날 다른 선택을 할 수도 있었다. 굳이 내 인생을 떠안을 필요는 없었다. 하지만 그는 나를 선택했다. 나를 사랑하기로 결정했다.

그래서 나는 아버지가 임종실을 도망치듯 나간 지금도 두려워하지 않았다. 진정으로 사랑받고 있다는 것을 아는 사람은 홀로 있어도 혼자일 수가 없기 때문이다. 나는 아버지가 돌아올 것을 믿었다. 전에도 그랬던 것처럼.

그가 사랑한다고 말하자 디즈니 영화에서처럼 갑자기 내 팔에서 힘이 빠져나갔다. 병 때문이었던 것 같기도 하고, 아닌 것 같기도 하다. 어느 쪽이든 중요하진 않았다. 내가 살아 있다는 것이 중요했다. 경찰이 내 손에 수갑을 채우자 몸이 덜덜 떨렸다. 앞으로의 일이 두려워서가 아니었다. 방금 내가 죽을 뻔했다는 사실을 깨달았기 때문이었다. 나는 내가 나를 죽이는 거라고 생각했지만 그건 내가 아니었다. 버림받아 울고 있는 어린아이에게 장난감 총 대신 진짜 총을 쥐여 주며 신과 세상에 복수하라고 떠밀었던 존재가 있었다. 병마보다 더 무서운 그 무언가가 날 '영원히' 죽이려고 했다. 뉴스에선 경찰이 용의자를 체포하고 연행하는 중이라 표현했겠지만 은행을 나서던 나는 특공대원들의 호위를 받으며 지옥의 문턱에서 빠져나가는 기분이었다. 그 밤, 하늘에 피었던 불꽃은 산 자의 땅으로 돌아온 나를 축하하는 선물 같았다.

하지만 이어진 재판 과정은 어려웠다. 무엇보다 장씨 아저씨 때문에 마음이 아팠다. 장씨 아저씨가 죄수복을 입고 법정에 섰을 때, 내가 얼마나 큰 잘못을 저질렀는지 다시 한 번 깨달았다. 하지만 장씨 아저씨는 나를 원망하지 않았다.

장씨 아저씨는 자신의 잘못된 행동으로 소중한 사람을 잃어버릴 뻔했다며 울었다. 나 때문에 자유를 박탈당하고 감옥에 가면서도 그는 내가 풀려난 것을 기뻐했다. 그는 감옥에서 자주 편지를 보냈는데 갇혀 있는 사람이 보내는 편지라고는 생각할 수 없었다. 그의 편지엔 기쁨과 감사가 가득했다. 나중에 아버지와 면회를 갔을 때, 그는 '다 선생님 덕분이지요'라고 했다. 하지만 나는 그렇게 대단한 일을 한 적이 없었다. 내가 한 일이라고는 자기 머리로 소주병을 깨고, 피와 술로 범벅이 된 그를 안아준 것뿐이다. 그리고 괜찮다고, 이러지 않아도 된다고 말해준 것뿐이었다. 그날 이후로 만날 때마다 빌리와 헬렌이 했던 것처럼 그를 대했던 것뿐이었다. 빌리와 헬렌이 나에게 가르쳐준 것들은 틀리지 않았다. 내가 육신의 감옥에 갇혀 죽는다 하더라도 그 사실은 변하지 않았다.

그는 헤어지며 아버지와 잘 지내라고 당부했다. 아버지와 나는 어색하게 서로를 보며 웃었다. 스물다섯에 처음 만난 아버지는 재판 기간 내내 내 곁을 지켰고, 자신이 나인 것처럼 고개를 숙였으며, 나를 구하기 위해 백방으로 돌아다니며 애를 썼다. 그리고 재판이 끝난 후에도 자신을 사랑하는 것처럼 나를 사랑하려 했다. 하지만 나는 그의 사랑을 받아들이기가 어려웠다. 우리는 호흡이 맞지 않는 투수와 포수 같았다. 그녀가 나타나지 않았다면 우리는 마음을 주고받지 못했을 것이다.

"면도하니 깔끔하고 좋네. 더 빨리 할 걸 그랬다."

헬렌에 이어 두 번째로 날 낳지 않은 엄마가 되어준 그녀가 말했다. 그녀는 아버지가 임종실을 나간 후로 자꾸만 밖을 살피며 나를 안심시키려 했다. 그럴 필요는 없는데.

그녀는 헬렌과 놀라울 정도로 닮았다. 인종도, 세대도, 자라난 환경도, 모든 것이 다른 두 사람이 같은 생각을 갖고, 그 생각대로 살아간다는 사실이 놀라웠다. 그녀는 헬렌이 그랬듯이 그와 나를 사랑해주었다. 그렇다고 방식까지 같았던 건 아니다. 그녀는 한국의 아줌마였고, 코리안 스타일이었다. 그녀는 휴일이면 그와 나를 깨워서 목욕탕으로 쫓아냈다. 미국에 가기 전날을 마지막으로 때를 민 적이 없던 내 등판은 그의 때수건이 지나갈 때마다 비포장도로처럼 툴툴거렸다. 하지만 부끄럽지 않았다. 그래서 좋았다.

나는 그녀가 보는 앞에서 그가 던지는 너클볼을 받아보기도 했다. 두 사람 다 불안해했지만 아직 움직일 수 있는 동안에 꼭 해보고 싶은 일이었다. 직접 받아본 너클볼은 생각보다 더 신기했다. 아니, 신비했다. 너클볼은 사람이 보이지 않는 바람의 길로 던지는 공이면서, 바람이 사람을 통해서 던지는 공이기도 했다.

"신은 우리를 통해 다른 사람에게 사랑을 전한다. 신은 우리와 함께 이 일을 하기 원한다."

나는 그가 던지는 기묘한 공을 받으며 빌리와 헬렌이 한 말을 떠올렸다.

그날, 그가 너클볼을 던지지 않았다면 우리는 만나지 못했을 것이다. 어쩌면 그와 나의 인생을 뒤흔들었던 바람은 신의 사랑이 우리에게 전해지는 통로가 아니었을까.

하지만 그의 공을 받을 수 있었던 건 그날이 마지막이었다. 다음 날 아침부터 다리가 움직이지 않았다.

유일한 치료약도 병의 진행을 더디게 할 뿐이었다. 나는 천천히 멈춰가고 있었다. 괴로웠다. 지켜보는 사람들의 괴로움도 더해져만 갔다. 그나마 그녀는 잘 견뎌냈지만 그는 갈수록 나를 대하는 걸 버거워했다. 말하지 않아도 그 마음이 전해져왔다. 다시 버림받는 건가 싶어 무서웠다. 그럴수록 짜증이 많아졌고, 제대로 나를 대하지 않는 그에게 화가 났다. 내가 말까지 못하게 되자 그는 패닉에 빠진 투수처럼 어찌할 줄 몰랐다. 그가 보이지 않는 시간이 늘어만 갔다. 조만간 그는 도망가버릴 것 같았다.

그러던 그가 어느 날 전혀 다른 얼굴을 하고선 나타났다. 그리고 이전과는 다른 방식으로 나를 대했다. 그는 자기가 할 수 있는 일에만 집중했다. 어차피 내 뜻을 읽는 것은 무리라고 생각하는 것 같았다. 나는 그런 태도가 마음에 들지 않았다. 최선을 다하지 않는 것처럼 느껴졌다. 똑바로 누워서 생활하는 것이 어려워지자 나는 옆으로 눕기 시작했는데 그는 내가 원하는 방향과 자세를 잡아내질 못했다. 아니라고 말을 할 수도 없으니 서럽기만 했다. 하지만 그는 묵묵히 자기 일을 하고는 나를 살폈다.

그렇게 보면 뭐해요. 아무것도 모르면서.

그는 내 그런 생각을 아는지 모르는지 한참을 날 보다가 주머니에서 공을 꺼내 손 위에 올려놓았다. 그 공이었다. 날 처음 만난 날, 나에게 던졌던 공. 나에게 너클볼을 던졌던 공. 나는 그가 그날처럼 나에게 너클볼을 던지고 있다는 것을 알았다. 그는 자신의 힘으로 날 구원할 수 없다는 걸 받아들이고, 그저 너클볼을 던지듯 내 앞에 사랑을 던져놓기로 한 것이다. 바람이 그 사랑을 전해주기를 기도하면서.

관심이 없어서가 아니었다. 내 뜻을 알기를 포기한 것도 아니었다. 어처구니없는 실수들조차 전부 다 나를 향한 사랑에서 나온 것이었다. 그것을 이해하자 모든 것이 달라졌다. 포수가 잡아주지 않으면 투수는 공을 던질 수가 없다. 공은 잡을 수 없지만 마음은 받을 수 있다. 나는 그의 사랑을 받아내기로 결심했다. 그러자 모든 것이 달라졌다. 내 뜻대로 되지 않는 것이 문제가 되지 않았다. 내 몸은 점점 나빠졌지만 나는 그만큼 더 사랑받았다. 아버지에게서만이 아니었다.

이틀 전에는 나의 사랑스런 인질들인 정하니와 그녀가 곁을 지켰던 할아버지와 할머니가 찾아왔다. 나는 슬프지도 않았는데 그만 눈물을 흘려 그들 모두를 울게 하고 말았다. 근육이 통제가 안 되어 일어나는 현상인 걸 그들이 알아야 하는데.

어제저녁엔 복지관에서 동료들과 이씨 아저씨, 그리고 출소한 장씨 아저씨가 함께 왔다. 장씨 아저씨가 나타난 순간의 기분이란. 월드시리즈에서 우승한다면 이렇지 않을까 싶을 정도였다. 살아 있길 잘했다는 생각이 들었다. 두 사람은 내일 여행을 떠나는 아들에게 해주듯 나를 씻겨주고, 면도해주었다. 덕분에 오늘 나의 기분은 상쾌했다.

그녀가 애써 웃으며 내 말끔한 뺨을 부드럽게 만져주었다. 이젠 감촉도 느껴지지 않지만 마음이 따뜻해졌다. 병은 나에게서 모든 느낌을 빼앗아 갔지만 내가 받은 사랑까지는 훔쳐 가지 못했다. 어떻게든 웃어 보이려던 그녀는 결국 그동안 참아왔던 눈물이 쏟아질 것 같은 모양이었다. 나는 '울지 마요'라고 마음속으로 말했다. 언제나 내 마음을 잘 헤아렸던 그녀는 눈물을 참으려 애썼다.

그녀의 눈물이 떨어지기 전, 문이 열리고 아버지가 돌아왔다. 그녀는 눈물을 훔치며 아버지에게 한 소리를 했다. 하지만 아버지는 개의치 않고, 나에게 다가왔다. 그날 밤, 울음 섞인 목소리로 나를 사랑한다고 말했던 아버지는 마지막 순간까지도 나에게 뭔가 해줄 것이 없는지 살피려 했다. 아버지는 아직 슬퍼할 틈이 없어 보였다. 날 보던 아버지의 눈빛이 변했다. 내 눈에서 뭔가를 읽어냈다고 생각하는 모양이지만 나는 별다른 생각이 없었다.

또 시작이네.

나는 속으로 빙긋이 웃었다. 지금 내 얼굴이 웃고 있다면 정말 좋을 텐데.

아버지가 창문을 열었다. 그녀가 '추울 텐데' 하며 걱정스런 얼굴로 나를 봤다. 봄이 왔다지만 아직은 쌀쌀할 터였다. 마지막으로 추위를 느껴보라는 것은 아닐 테고, 이건 무슨 뜻일까 했는데 아버지가 자리를 비키자 햇살이 병실 안으로 쏟아져 들어왔다.

아, 그런 건가.

나는 또 빙긋이 웃었다. 내가 웃고 있다는 걸 알면 정말 좋을 텐데.

아버지가 또 내 눈을 유심히 보기 시작했다. 하지만 이젠 받아줄 수가 없었다.

충분해요. 아버지, 사랑해주어서 정말 고마워요.

내가 아버지에게 말하는 순간, 문이 열렸다.

한줄기 따뜻한 바람이 아버지와 나 사이를 지나갔다.

25

완벽한 인생

바람이 나를 데리고 간 곳에 대해서는 설명하기가 어렵다. 나는 빛 가운데 걷고 있었는데, 길도, 표지판도 없었지만 어디로 가야 할지는 알았다. 미세한 바람이 나를 인도하고 있었기 때문이다. 의료용 침대를 벗어나 기분 좋게 걷고 있는 내 앞에 흑인 아저씨 한 명이 앉아 있었다. 그가 나를 보고 자리에서 일어나 다가왔다.

내가 먼저 인사를 건넸다.

"안녕하세요."

"환영하네! 써니보이."

우리는 악수를 나눴다.

"써니보이? 제 이름인가요? 제가 올 걸 알고 있으셨나봐요?"

"그럼, 좋은 포수는 귀하거든."

그가 하얀 이를 드러내며 말했다.

"여기도 야구를 하나요?"

나는 웃으며 말했다.

"여긴 챔피언들만 있지."

아저씨가 다시 길을 걸으며 말했다.

나는 냉큼 아저씨 옆에 따라붙었다가 슬쩍 뒤를 돌아보았다.

"왜 그러지?"

아저씨가 물었다.

딱 하나 마음에 걸리는 것이 있었다. 엄마를 보지 못하고 온 것이다. 마지막까지 찾으려고 노력을 했지만 결국은 만나지 못했다. 나는 엄마가 어디서 무얼 하든 잘 살기를 바랐다. 사랑하고, 사랑받으며 살기를 기도했다. 그러기 위해서라도 다시 만나기를 원했다. 그렇지 않으면 평생 짐을 떠안고 뒤틀린 인생을 살게 될 테니까.

다시 만나면 말해주고 싶었다.

엄마는 소중한 사람이라고. 엄마가 스스로 생각하는 것보다 훨씬 귀하고 가치 있는 존재라고. 그러니까 그렇게 살아야 한다고. 나는 엄마를 사랑한다고 말해주고 싶었다.

하지만 엄마는 나에게 사랑을 전할 기회를 주지 않았다. 미리 준

비해놓았던 편지를 납골당에 보이도록 보관해달라고 하고, 혹시라도 엄마가 찾아오면 꺼내달라고 했지만 그 편지가 읽혀질지는 모르겠다.

"못하고 온 일이라도 있니?"

아저씨가 말했다.

나는 고개를 저었다. 할 수 있는 일은 다 했다. 나머진 바람이 할 일이다. 엄마와 나 사이가 얼마나 떨어져 있는지 알 수 없지만 바람이 가지 못할 곳은 없다. 엄마가 있는 곳이 어디든 그곳에도 바람은 분다. 그 바람이 내가 남기고 온 사랑의 씨앗을 엄마의 마음에 떨어뜨려줄 것이다. 나는 그렇게 믿었다.

"아니요."

나는 해처럼 밝게 웃으며 말했다.

다 이루었다.

•

그 겨울에 몹시 아팠다. 오래도록 나를 괴롭힌 오른쪽 무릎으로 인해 걷기는커녕 의자에 앉아 있기도 힘든 상태였다. 나는 노트북을 들고 자리에 누운 상태로 글을 썼다. 누워서 글을 쓰니 허리와 손목도 편치 않았다.

하지만 성치 않은 몸보다 더 나를 괴롭혔던 건 마음의 상처였다. 몸뿐 아니라 마음이 힘들었던 일이 많았다. 분명히 느껴지는 몸의 통증보다 보이지 않는 마음의 아픔이 더 크고 생생했다. 마음을 두들겨 맞는 것 같았다.

왜 나는 이렇게 아프고 힘들어해야만 하는가.

이해가 되지 않았다. 얼음으로 몸의 통증을 둔감하게 만들 수는 있어도 마음의 불길은 잦아들지 않았다. 글을 쓸 수 있는 상태가 아니었다.

그래도 썼다. 바닥에 누워 몸을 이리저리 굴려가며 버티자고 생각했다. 정신없이 얻어맞고 있지만 언젠가는 이 고통의 끝을 알리는 종이 울릴 테니 그때까지만 버티자고. 마지막까지 써내기만 한다면 그것만으로 나를 칭찬해주자고, 자꾸만 쓰러지려는 스스로를 일으켜 세웠다.

그러는 사이, 봄이 왔다.

··

올 여름은 유난히도 더웠다. 다시 걷게는 됐지만 여전히 나를 힘들게 하는 무릎처럼 더위는 8월 말이 되었는데도 물러갈 줄을 몰랐다. 하지만 나는 바람을 기억했다.

나는 여름의 끝자락에 태어났다. 군대에서 처음 무릎을 다치고 의무대에서 생일을 맞이했을 때였다. 야외에서 작업하다 더위를 먹어 입실한 병사들이 많았다. 수액을 맞고 나란히 누워 있는 병사들 사이에서 나는 무릎을 펴고 앉아 있었다. 벽에 걸려 있는 시계는 분명히 움직였지만 군 생활은 느리게만 흘러갔고 아픈 무릎은 나를 불안하게 만들었다. 쉼 없이 돌아가는 선풍기는 불안함을 부채질할 뿐이었다. 답답한 마음에 자리에서 일어나 활짝 열어놓은 창밖을 내다보는데 어디선가 갑자기 시원한 바람이 불어왔다. 한순간이었지만 그 바람이 내 얼굴을 덮고 있는 불안함을 씻겨주었다. 가을이 오고 있었다.

올해도 생일이 찾아왔고, 만나는 사람들마다 축하 인사를 건넸다. 그리고 너 나 할 것 없이 말했다. "하루 사이에 갑자기 다른 세상이 된 것 같아."

그랬다. 여름은 언제나 더웠지만 내 생일 즈음엔 가을이 오는 바람이 불었다.

...

겨울이 봄이 되고, 두 번의 여름이 더 지나는 동안에도 나는 계속 글을 썼다. 하지만 '왜 이렇게 아프고 힘들어야만 하는가'에 대한 답은 찾지 못했다. 고통은 여전히 나의 곁에 머물렀다.

바람이 어디서 와 어디로 가는지 모르는 것처럼 삶에서 마주치는 이해할 수 없는 고난은 설명하려들지 말고 그대로 두는 편이 현명할지도 모른다.

다만 계절의 경계마다 불어온 바람이 내게 가르쳐준 것이 있다. 우리는 어떤 상황에서도 어떻게 살아갈지를 선택할 수 있다는 것이다. 그리고 결코 바뀔 것 같지 않은 상황도 한줄기 바람과 함께 전혀 다른 세상이 온 것처럼 변할 수 있다는 것이다.

글을 쓰는 내내 마음에 품었던 노래가 있다. 이 노래로 글을 마치고 싶다.

살면서 듣게 될까 언젠가는 바람의 노래를
세월 가면 그때는 알게 될까 꽃이 지는 이유를

나를 떠난 사람들과 만나게 될 또 다른 사람들
스쳐가는 인연과 그리움은 어느 곳으로 가는가

나의 작은 지혜로는 알 수가 없네
내가 아는 건 살아가는 방법뿐이야

보다 많은 실패와 고뇌의 시간이
비켜갈 수 없다는 걸 우린 깨달았네

이제 그 해답이 사랑이라면
나는 이 세상 모든 것들을 사랑하겠네

_김순곤 작사, 조용필 노래, 〈바람의 노래〉

2016년 가을
이동원